혼자서 본 영화

정
희
진

혼자서 본 영화

교양인
GYOYANGIN

2. 상처가 아무는 시간

3. 젠더, 텍스트, 컨텍스트

한 편의 영화가 내 안에 들어올 때

> 영화를 사랑하는 사람들은 어딘가 아픈 사람들이다.
> – 프랑수아 트뤼포

> 영화가 끝나면 삶도 끝난다. 영원히.
> – 샘 페킨파

외로움과 혼자인 상태는 다르다. 혼자라고 해서 꼭 외로운 것은 아니다. 혼자라고 '느낄 때'는 외롭지만, 자기만의 세계에서 스스로 충만한 시간은 외롭지 않다. 인간이 외로울 때는 상대방(사회)과 대화가 통하지 않거나 외부를 지향하는 경우이다. 외로움을 잘못 해결하면 인생이 복잡해진다. 데이비드 리스먼의 《고독한 군중》은 우리가 왜 혼자 있을 때보다 여러 사람과 함께 있을 때 더 외로운지를 설명해주었다.

　외로움은 나와 어떻게 만날 것인가, 즉 자기 자신과 맺는 관계에 관한 질문이다. 너무 괴로워서 자신의 존재를 잊고 싶거나 해결해야 할 문제로부터 도망치려고 할 때, 외로움도 따라온다. 내가 나를 떠밀어서, 미워해서, 소외시켜서 외로운 거다. 외로움을 해결하는 가장 손쉬운 방법은 중독이다. 중독은 외부의 힘을 빌리는 것이다. 몸의 외부(매체, 물질, 타인……)를 몸에 들여놓고 그들에게 '친구하자'고 애원하는 것, 그들이 나가지 못하게 막는 것, 이것이 중독이다. 그래서 알코올 중독은 여러 사람과 함께 마실 때보다 혼자서 규칙적으로 마실 때를 가리킨다.

알코올, 니코틴, 탄수화물, 약물 같은 구체적인 물질뿐 아니라 권력, 섹스, 도박, 게임, 스마트폰, 일, 공부, 영화, 운동, 심지어 고통도 중독의 대상이다. 나는 모든 중독자들을 이해한다. 중독의 차이는 사회적으로 수용되는 중독인가(일, 공부……) 아닌가, 혹은 타인에게 피해를 주는가 아닌가일 뿐이다.

나는 탄수화물, 활자, 영화, 일 중독이다. 이런 중독은 큰 문제가 되지 않을 것 같지만 그렇지 않다. 오히려 '위험해 보이지 않는' 중독은 문제가 생겨도 고치기 어렵다. 일을 좋아하는 것과 중독은 다르다. 중독은 즐거움보다 강박이 앞선다. 나는 중독을 해결하지 못했다. 일 중독을 '자부심' 삼는 사람도 있지만 결국 자신의 몸과 마음을 해친다는 점에서 다른 중독과 같다. 나는 책을 읽지 않거나 글을 쓰지 않으면 불안하다. 아침에 일어나자마자 노트북 앞에 앉는다. 20년간 생계를 위해 글을 썼는데, 아직도 독수리 타법이라 오른쪽 어깨와 손목은 늘 부상 상태다. 당이 떨어지면(케이크와 빵을 못 먹으면) 금단 현상이 온다. 탄수화물은 머리의 전원을 켜 두기 위한 에너지 공급원이기 때문에, 내 뱃살은 빠지지 않을 것이다.

영화는 집을 벗어나지 못하는 내 일상을 구원해주는 고마운 중독이다. '영화광'이라는 말은 있지만 '영화 중독'이라는 말은 없고, 반대로 '소주광', '도박광'이라는 단어도 사용하지 않는다. 영화는 '폭식'을 해도 괜찮고 '숙취'도 없다.

영화를 보는 나만의 습관이 있다. 일단, 혼자 본다. 어두운 극장 안에서 대사를 메모하느라 대개는 두 번 본다. 극장에서 본다. 이른바 '골치 아픈' 영화나 전복적인 인식을 보여주는 영화를 좋아하는 편이다. 하지만 책과 달리 장르를 가리지 않는다. 송일곤 감독의 〈거미숲〉(2004년)도 좋아하지만(두 번볼 수는 없었다), 〈거미숲〉을 잊을 수 있는 〈깃〉(2004년)도 매우 좋아한다. 누군가는 장이머우 감독의 〈황후화〉(2006년)가 "시간이 아까운 영화"라고 분노했지만(동의한다), 나는 이 영화가 오늘날 팍스 시니카(Pax Sinica, 중국이 주도하는 세계화)의 예고편이었다고 생각한다. 해야 할 일이 있는 시간 외엔, 거의 반사적으로 영화를 보는 내게 시간이 아까운 영화는 없다.

혼자서 본 영화. 주변에서 책 제목이 좋다고 한다. 내가 혼자 극장에 자주 간다는 것을 알기 때문에 붙인 제목이려니 하는 모양이다. 혼자서 볼 때도 타인과의 접촉을 최대한 피할 수 있는 맨 뒷자리 통로가 내 자리다. 혼자 보지 못할 때는 괴롭다. 영화를 볼 때 옆에 사람이 있으면 의자에 나란히 앉아 책을 같이 읽는 것처럼 불편하다. 간혹 동행이 있는 경우에는 최대한 먼 좌석을 예매한다. 그래서 나는 김희애, 문성근이 나온 영화 〈101번째 프로포즈〉(오석근 감독, 1993년)처럼 로맨스 영화에 간혹 등장하는, 연인이 떨어져서 영화 보는 장면이 그리 이상하지 않다.

영화가 끝난 후엔 같이 간 사람이 말을 시킬까 봐 서둘러 헤어진다. 나 혼자 영화를 차지하기 위해서다. 나는 내가 좋아하는 영화를 다른 사람이 보는 것이 싫다. 극장에는 나랑 그 영화만 있어야 한다. 이 황당한 조건을 충족하려면 집에 극장만 한 스크린이 있으면 좋겠지만, 현실에서 최선은 예술 전용

극장의 조조 관람이나 심야 상영이다. 그래서 객석에서 나 혼자 본 영화가 생각보다 꽤 있다. 와타나베 켄이 주연한 〈내일의 기억〉, 프랑수아 오종 감독의 〈타임 투 리브〉, 이 책에 꼭 쓰고 싶었으나 쓰지 못한 페르난두 메이렐리스, 카티아 룬드 감독의 걸작 브라질 영화 〈시티 오브 갓〉이 그런 경우다. 이 영화는 마지막 상영일, 마지막 회차에 보았다. 늦을까 봐 광화문 '씨네큐브'까지 얼마나 뛰었는지 모른다.

'혼자서 본 영화'가 '나 홀로 극장에'라는 뜻은 당연히 아니다. 영화와 나만의 대면, 나만의 느낌, 나만의 해석이다. 나만의 해석. 여기가 방점이다. 나의 세계에 영화가 들어온 것이다. 지구상 수많은 사람들 중에 같은 몸은 없다. 그러므로 자기 몸(뇌)에 자극을 준 영화에 대한 해석은 모두 다를 것이다. 한 작품을 천만 명이 본다면, 그 영화는 천만 개의 영화가 '되어야 한다'. 그렇게 된다면, 역설적으로 천만 영화는 사라질 것이다 (물론 배급 시스템이 문제지만). 내가 원하는 사회는 각자의 해석이 가시화되고, 다양한 목소리들이 이어지는 사회다.

종합 예술인 영화가 선사하는 인식의 다중성(多衆性, 多重性)은 영화라는 매체의 가장 강력한 힘일 것이다. 영화는 현대

사회를 비추는 렌즈고, 말할 것도 없이 매우 정치적인 매체이다. 이제 영화는 문화 권력의 왕자가 되었다. '국민 배우', '국민 여동생'이라는 말은 황당하지만, 어쨌든 많은 이들이 한국의 '국민 감독'으로 임권택을 꼽는다. 에스파냐의 경우 페드로 알모도바르다. 두 사람의 영화는 화성과 금성만큼이나 다른 세계인데, 그것이 바로 한국과 에스파냐를 지배하고 있는 문화 권력의 차이라고 생각한다. 영화와 사회는 이렇게 서로를 반영한다.

이준익 감독의 〈왕의 남자〉(2005년)에는 이런 장면이 나온다. 작품의 배경인 연산군 시대에 정승들의 부패는 극에 달해, 그들의 집은 뇌물을 바치려는 사람들로 문전성시를 이루었다. '우리'의 주인공, 장생(감우성 분)과 공길(이준기 분)이 이끄는 광대패는 왕과 신하들 앞에서 이 장면을 공연한다. 높으신 나리들은 자신들의 모습이 눈앞에 펼쳐지자 얼굴이 흙빛이 되어 "이것들이 감히! 저들을 매우 쳐라……." 익숙한 대사가 나오고 연극은 엎어진다.

"소설 같다, 영화 같다"는 말은 믿을 수 없다는 뜻으로 쓰이지만, 누구나 다 아는 현실(present)도 재현(re-present)을 통해서만 볼 수 있다. 영화라는 재현의 형식을 통해서 우리는 현실을 직면하고, 깨닫고, 생각하게 된다. 현실과 재현의 차이는 무엇일까. 우리는 현실을 살고 있는데, 왜 재현을 통해서만 현실을 볼 수 있는 것일까. 그런데도 사람들은 왜 팩트를 따질 때, 재현물보다는 현실을 더 믿는 것일까. 재현은 뭔가 꾸며낸 것이라고 생각하기 때문이다.

다큐멘터리를 포함해서 영화와 현실의 경계는 없다. 건물 안에서는 건물을 볼 수 없기 때문이다. 우리는 재현(렌즈)을 통해서만 현실을 볼 수 있다. 렌즈는 다양하기 때문에 각자의 렌즈에 따라 당파적으로, 보고 싶은 것만 본다. 그리고 영화는 역사의, 인생의 한 부분을 잡아챈다.

내가 처음 본 영화는 여덟 살 때, TV에서 방영해준 것이었다. 그때 우리 집에는 의사 자격 시험을 준비하는 사촌 오빠가 하숙을 하고 있었는데, 그 오빠랑 부모님이 안방에서 밤늦게까지 심각한 대화를 나누고 있었다. 내가 들어갔는데도 그들은 이야기에 몰두해 있었다.

TV를 켰다. 〈주말의 명화〉 같은 프로그램이었던 것 같다. 기억이 또렷하다. 제목은 기억이 안 나지만 끝까지 보았다. 내용은 지금 생각해도 충격적이다. 서부 영화(?)였는데, 인적이 없는 사막에서 주유소 겸 매점을 운영하는 여자가 총상을 입은 남자를 돌봐준다. 지극정성으로 치료해준 결과 남자가 걸을 수 있게 되자, 여자가 각목 비슷한 무기로 남자의 다리를 내려친다. 여자는 다시 남자를 돌봐준다. 이 상황이 반복되면서 남자는 영원히 떠나지 못하고 여자는 남자를 소유한다. 캐시 베이츠 주연의 〈미저리〉와 비슷한데, 훨씬 강렬했다. 영화에 너무 몰두한 나머지 그리고 너무 매혹되어서 "그만, 자거라"라는 부모님의 말을 듣지 못했다. 이후 그 영화는 내 사고방식에 어떤 원형(原型)으로 남았다. 여덟 살이었지만 나는 그 영화를 '이해했다'.

우리 집에는 TV를 보는 문화가 없었다. 휴지기. 6년 후, 중학교 1학년 때 학교에서 단체 관람한 〈테스〉가 나의 첫 극장 영화였다. 그 다음 〈닥터 지바고〉, 〈벤허〉를 보았다. 몸집이 작은 나는 머리를 들고 대형 화면을 올려다보았다. 화면에 가득 찬 나스타샤 킨스키의 얼굴, 그 아름다움에 압도되었다. 생전 처음 극장에 간 중1 여학생에게 〈닥터 지바고〉나 〈벤허〉가 어땠겠는가. 심지어 찰턴 헤스턴과 결혼하는 꿈도 꾸었다(나중에 그가 미국총기협회 회장이며 극우주의자라는 사실을 알고는 악몽이 되었지만).

나는 영화라는 신세계에 노출됐다. 하지만 TV가 부모님 방에 있었기 때문에 나는 엄마와 협상해야 했다. 학교 성적을 유지할 테니 제발 영화를 보게 해 달라고. 그리고 당시 교육방송에서 하는 〈스크린 영어〉 교재를 사 달라고. 엄마는 냉정하게 말씀하셨다. 조금이라도 성적에 변동이 있으면 끝이지만 일단 모든 것을 허락하노라. 나는 감격했고 더욱 열심히 공부했다.

어차피 나는 영화를 혼자서 볼 운명이었다. 부모님이 주무시는 안방에서 주말마다 〈토요명화〉, 〈주말의 명화〉, 〈명화극장〉을 보았다. 음 소거 수준으로 혼자서 보았다. 고등학교 때는 시간이 날 때마다 엄마 몰래 서울 경복궁 앞에 있던 프랑스 문화원에서 살았다. 프랑스 영화를 상영했는데, 자막이 영어였기에 '그림'만 봤다고 할 수 있다. 마르셀 카뮈의 〈흑인 오르페〉가 기억에 남는다. 그때부터 내가 본 영화 목록과 감상을 적기 시작했다.

대학에 가면 매일매일 영화만 보리라 다짐했다. 엄마는 재수를 권했지만 나는 무조건 대학에 가야 했다. 3월에 입학하자마자 '00영화 공동체'라는 서클에 들어갔다(그때는 '동아리'라는 말이 생소했다). 다른 서클과 달리 선배들은 신입생에게 관심이 없었고, 입회 원서는 논술 시험 같았다. "사회주의 리얼리즘에 대해 어떻게 생각하는가." 어찌나 기가 죽었던지 잊히지 않는 '시험지'였다. 십대 때 내가 본 영화들은 존 웨인의 서부 영화나 〈남태평양〉 같은 뮤지컬 영화, '멀리 가봤자' 아녜스 바르다의 프랑스 영화 정도였다. 아니, 영화를 보는데 사회주의가 웬 말인가. 리얼리즘은 또 뭐고. 나는 무섭고 낯설어서 바로 나왔다. 그때 어두운 서클 룸에 바바리코트를 입고 들락거리는 대학생 같지 않은 남자가 있었는데, 나중에 그가 박찬욱 감독임을 알았다.

　20대는 내 삶에서 편집하고 싶은 시간이자, 영화 인생의 암흑기였다. 대학 졸업 후 여성 운동 단체에서 일하면서 '회원 사업'의 일환으로 여성들과 같이 영화를 보기 시작했다. 그때 단체 회지에 제인 캠피언 감독의 〈피아노〉 감상문을 썼다. 여성의 침묵의 의미에 대해 썼던 것 같다. 모 영화 평론가에게서 연락이 왔다. 영화 평을 게재할 지면을 주겠다는 것이었다. 20대 중반까지만 해도 나는 '반지성주의자(=실천주의자)'였다. 운동에 헌신해야지, 글을 쓰다니? 당연히 거절했다.

　변화는 역시 사회로부터 왔다. 1997년 '서울국제여성영화제'가 출범했다. 그해는 내가 온갖 고민을 물리치고 — 너무 사연이 많으면 이런 상투적인 표현에 기댈 수밖에 없다. — 대학원에 진학한 해였다. 십대 시절 몸의 감각이 다시 찾아왔다. 나는 매일 한 편 이상, 영화제 기간에는 다섯 편 이상씩 영화를 보았다. 주지하다시피, 이후 대한민국은 영화제 열풍이었다.

이때부터 영화는 정말로 책이 되었다. 언제부터인가 사람들은 영화 '보기'가 아니라 영화 '읽기'라고 표현하는데, 이미지나 음악에 무지한 내게 영화는 원래부터 읽기였다. 영화제에서 만난 영화들은 한국 사회에서는 '절대로' 생산될 수 없는 지식을 제공했다. 내 경험 너머 새로운 앎의 세계. 나는 고급 도서관을 통째로 가진 기분이었다.

나는 이제 알기 위해 영화를 본다. '지식을 습득한다'와 '안다'는 것은 다르다. 안다는 것은 깨닫고, 반성하고, 다른 세계로 이동하고, 그리고 타인을 이해하는 데 도움이 되는 과정이다. 이것이 인생의 전부 아닐까. 영화는 나의 세계를 확장할 수 있는 가장 중요한 도구가 되었다. 인생 문제가 영화에서 '대부분' 해결되기 때문에, 나는 그다지 타인이 필요치 않게 되었다. 나만의 시간이 필요할 뿐이다. 혼자 있고 싶다. 나는 외로움을 원한다.

이 책은 지난 20년 동안 쓴 나의 영화 감상문이다. 십대 시절의 메모들은 사라졌지만 1997년부터는 착실히 모아 두었다. 영화를 볼 때마다 메모한 노트를 바탕 삼아 이 책을 썼다. 부족한 글에 대한 핑계를 대자면, 20년이라는 시간 때문인지 글의 내용과 분위기에 일관성이 없다. 들쭉날쭉이다. 특히 페미니즘에 한참 열광했을 때 쓴 글은 내가 마치 '검투사'인 양 결연한 자세여서 민망하지만, 그것도 내 모습이기에 거의 그대로 실었다. 상처에 관한 글은 왜 그리 많은지. 확실히 나는 사소한 일에 크게 휘청거린다.

영화를 보고 글을 쓰는 것은 독후감을 쓰는 것과 비슷하다. 다만, 더 어렵고 더 즐겁다. 이 책을 쓰는 시간이 행복해서 '쓰기를 아껴 가며', 하루에 20장~30장씩만 썼다. 이 책은 '영화 오타쿠'의 타인에게 말 걸기이다. 나의 감상문이므로 나를 드러낼 수밖에 없었다. 지나치게 드러냈다. 그러나 나를 드러내는 행위는 '사생활 문제'가 아니라 내가 나를 알게 되는 과정이라는 의미에서 중요하다고 생각하고, 후회도 없다. 한 가지 확실하게 배운 점은, (모르지 않았지만) 내가 글을 못 쓴다는 사실이다. 특히, 내 표현력이 얼마나 형편없는지를 깨달았다. '생각'은 조금 쓸 수 있겠는데, '느낌'은 표현하기 어려웠다. 마치 어린이의 일기처럼, "맛있었다", "즐거웠다", "기뻤다" 이상을 쓰기 어려웠다. 애초부터 이 책은 정확한 언어가 될 운명이 아니었다. 텍스트와 내가 달라붙어 있으니 말이다.

보는 영화마다 내 인생의 영화가 된다. 모든 영화에 내 사연이 있다. 나는 특히 동일시의 여왕이다. 영화를 볼 때마다 나는 여러 사람의 여러 인생을 산다. 전미선의 열연이 인상적이었던 〈연애〉(2005년)는 여성으로서 '끔찍한' 영화였지만, 그녀는 바로 나였다. 외로운 여성을 이용하는 남자들……. 조용한 남자, 〈콰이어트 맨〉(2007년)은 직장에서 총기 난사를 꿈꾸며 늘 혼자 도시락을 먹는 외톨이 밥 맥코넬(크리스찬 슬레이터 분)의 이야기인데, 이 역시 평소 나의 모습이다.

하여간, 나는 영화를 보는 '지조'가 없다. 나는 장률이나 미하엘 하네케, 고레에다 히로카즈, 마를레인 고리스, 데이비드 크로넌버그, 두치펑의 영화를 거의 다 본, 그리고 여러 번 본, 이들의 광팬이다. 이들의 영화 세계는 매우 다르다. 한마디로, 나의 영화 취향과 이데올로기는 '문란'하기 짝이 없다.

이 글과 이별할 때가 되었다. 〈밀리언 달러 베이비〉(2004년)와 〈무뢰한〉(2014년)을 생각하며 쓰라린 마음을 달래고자 한다. '너무' 나이 든 권투 코치 프랭키(클린트 이스트우드 분)가 권투를 가르쳐 달라고 찾아온 서른두 살의 웨이트리스 매기(힐러리 스웽크 분)에게 말한다. "가장 중요한 것은 자세다.", "맞으면 피(상처)가 멎지 않는 부위가 있다.", "항상 자신을 보호하라." 프랭키는 내게 가장 필요한 유형의 인간이며, 매기는 내가 가장 동일시하는 인물이다. 그녀의 삶과 죽음 모두. 그녀의 말대로, 서른두 살이 늦었다면 우리는 아무것도 할 수 없을 것이다. 언제 만나든 모든 영화는 인생이 된다.

오승욱 감독의 세계와 그의 글(각본)을 좋아한다. '순정 마초'의 깊이가 남다르다. 오승욱 감독의 〈무뢰한〉은 당연히 내가 푹 빠진 영화다. 이 영화에서 '수배자의 여자'로 나오는 전도연은 신분을 숨기고 접근한 경찰(김남길 분)과 도주 중인 연인(박성웅 분) 사이에서 모든 것을 잃는다. 마지막 장면에서 김남길은 전도연에게 강박적으로 말한다. "(너는 이용당했다고 생각하겠지만) 나는 이용한 게 아냐, (나는 경찰로서) 내 일을 했을 뿐이야!" 두 사람은 한때 사랑했으므로, 이 대사는 변명이 아니라 죄의식의 표현이다. 내 질문은 이것이다. 사람들은

"내 할 일을 했을 뿐"이라는 말을 자주 한다. 이 말은 아름답지 않을 뿐 아니라 아무런 의미가 없다. 인생에서 "내 일을 했을 뿐"으로 정당화되는 일은 없다. 인간은 혼자 살 수 없는데, 이런 말은 인간을 혼자 살게 내버려 둔다. 이 말에 '나의 전도연'은 깊게 상처받았을 것이다. 나도 상처받았다. 그녀의 외로움을 생각하며 나는 울었다. 나는 외로움을 원하지, 외로움을 '당하고 싶지 않다'.

글의 서두에 쓴 트뤼포의 말은 진실이기에, 샘 페킨파 감독의 말은 내가 한때 그에게 빠져 있었기에 적었다. 나의 십대를 사로잡았던 정영일(1928~1988) 평론가, 나를 잠 못 들게 했던 정은임(1968~2004) 아나운서를 기억하며. 그리고 영화를 볼 때 내가 '마니아'를 넘어 시민으로서 윤리적, 정치적 균형을 잡도록 도와주는 정성일 평론가/감독에게 감사한다.

2018년 1월
정희진

1

사랑하기와 말하기 사이에서

가족 밖에서
탄생한 가족

가족의 탄생

한국 사회에서 가장 보수적인 영역은 북한이나 섹슈얼리티가 아니라 가족 담론이다. 한국 사회에서 가장 문제적인 제도, 가장 부패한 제도, 가장 비인간적인 제도는 가족이다. 가족은 곧 계급이다. 교육 문제, 부동산 문제, 성차별을 만들어내는 공장이다. 부(富)뿐만 아니라 문화 자본, 인맥, 건강, 외모, 성격까지 세습되는 도구다. 간단히 말해, 만악의 근원이다. 과장이 아니다. 동성애, 트랜스젠더에 대한 시각도 가족과 연결되어 있다.("남자 며느리가 웬 말이냐!")

이처럼 가족은 가장 정치적인 영역인데도 자연적인 장소로 묘사된다(특히, 모성). 어떤 글이나 텍스트를 읽어도 가족에 대해서는 어쩌면 그렇게 상상력이 부족한지 정말 놀랍고, '그들의 무지'가 이해되지 않는다. 가족에 관한 한, 우리나라 사람들의 뇌는 고정되어 있는 것 같다. 현실이 아무리 변해도 생각은 꿈쩍하지 않는다.

〈가족의 탄생〉 출연 배우들의 면면을 보면 '화양연화'라는 말이 절로 나온다. 고두심은 말할 것도 없고 문소리, 엄태웅, 정유미, 봉태규, 류승범, 공효진, 김혜옥…… 모두의 연기가 좋다. 어찌나 자연스러운지, 나는 간혹 엄태웅의 누나가 엄정화가 아니라 이 작품 속 누나였던 문소리라고 착각할 때가 있다.

영화는 세 가지 이야기가 겹치고 이어진다. 미라(문소리 분)와 형철(엄태웅 분)은 남매간이다. 미라는 중고생을 상대로 분식집을 운영하는 똑순이 가장인데, 형철은 바람기에다 방랑기를 타고났다. 그는 잊을 만하면 집에 온다. 어느 날 형철은 20살 연상인 무심(고두심 분)을 애인으로 데리고 나타난다. 누나의 작은 집은 이들의 섹스 소리로 요란해진다. 그러던 중 미라의 집에 무심의 전남편의 전부인의 딸인 채현(아역-이라혜)이 찾아온다. (내 기억이 정확하지는 않지만) 그나마 무심에게 정이 있었는지, 그 아이도 불안한 가운데 자기 살 길을 찾아온 것 같다.

형철은 또 다시 가출을 반복하고 그때마다 임신한 여자들을 데리고 온다. 누나는 드디어 남동생을 쫓아낸다. 그 남자의 말년이 궁금하지는 않다. 그런 남자들은 많다. 미라와 무심은 모녀 관계처럼 오순도순 나이 들어가고, 불안하고 불쌍한 소녀였던 채현(성인역-정유미)은 착하게 자랐다.

사랑에 쉽게 빠지는 엄마(김혜옥 분) 때문에 속상한 딸 선경(공효진 분)은 자신과 아버지가 다른 남동생 경석(봉태규 분)의 문제까지 겹쳐 젊은 날이 편치 않다. 남동생은 엄마에게 매달려 있고, 엄마는 딸보다 아들을 더 사랑하는 것 같다. 선경은 취업과 남자 친구(류승범 분) 때문에 머리가 복잡하고, 자기 인생에 보탬이 안 되는 엄마도 남동생도 모두 싫다.

나중에 채현과 경석은 연인 사이가 되는데, 채현은 어렸을 적 버림받은 경험 때문인지 모든 사람에게 잘해주는 착한 여자 콤플렉스를 뒤집어 쓴 성녀(聖女) 여대생으로 등장한다. 제3자가 봐도 얄미울 정도로 답답하지만 한편 안쓰럽다. 애인이면서도 매사에 뒷전인 경석은 미칠 지경이다.

이 영화에는 '정상 가족'도 없지만, 정상 가족 이데올로기를 비판하지도 않는다. 모르는 사람들이 모였지만 다들 정이

많고 서로 의지한다. 서로 싫은 소리를 주고받으면서도 뒤에
서는 흐느낀다. 영화를 보면서 나도 저런 사람들 사이에 살짝
끼어 살았으면 하는 생각을 했다. 이들이 사는 모습이 주는
특유의 안정감이 러닝 타임 내내 관객의 마음을 무장 해제시
킨다.

미라, 무심, 채현이 함께 사는 소박한 단독 주택의 녹슨
대문이 오래 기억에 남는다. 영화를 안 본 이들에게 꼭 소문
내고 싶은 그림이다. 인물들의 감정을 따라가다가 후반부의
성가대 장면에서 감정이 북받친다. 노래가 이토록 '성스럽구
나'······. 나의 모든 속물주의와 불신의 얼룩이 씻겨 나가면서
구원받은 느낌이었다. 카타르시스가 아니다. 생활의 구원이자
새로운 시작을 알리는 합창이다. 세련된 해피 엔딩. 마지막을
그렇게 끝내다니. 지금도 노랫소리가 들린다.

충무로 영화판에는 주진모라는 동명이인이 있다. 한 사
람은 〈해피엔드〉, 〈쌍화점〉, 〈친구2〉에 나온, 대개 '주진모'
하면 떠오르는 배우고, 이 영화에 나오는 배우는 다른 주진모
(1958~)이다. 출연 작품 수가 많은 배우인데, 나는 이 심심한
듯한 표정의 배우 주진모를 좋아한다.

〈가족의 탄생〉의 주제를 압축하는 장면에 그가 나온다.

어느 날, 열 받은 선경이 엄마의 애인인 운식(주진모 분)을 찾아간다. 운식은 아이 둘에, 넓은 아파트에 사는 평범한 중산층 가장이다. 엄마와 혼외 관계이며 남동생 경석의 아버지다. 가정이 있는 엄마 애인 집에 찾아간다? 어떤 심정이겠는가. 남자의 집에 쳐들어가니 가족 넷이 단란하게 식사 중이다.(식사는 단란한 가정의 증표인가?) 물론 부인도 있다. 피아노도 있었던 것 같다.

선경은 흥분하지 않을 수 없는 상태다. 씩씩거리며 당당한 척하지만 떨리는 목소리로, '약자'의 목소리로, 소리 지르듯 묻는다. "아저씨, 우리 엄마 사랑해요?" 이 말 뒤에는 "사랑도 안 하면서 어쩌구 저쩌구…… 우리 엄마를 이용했어…… 앞으로 어떻게 할 건데……."라는 의미가 담겨 있을 것이며, 욕설도 생략되어 있을 것이다.

'아저씨'는 자신의 아내와 아이들 앞에서 담담하게 그러나 즉각 대답한다. "그래! 사랑한다." 망설임 없이 바로 대답했다는 사실이 중요하다. 멱살잡이, 머리끄덩이 잡기, 물벼락 주고받기 등을 각오하고 찾아간 엄마의 애인 집에서 선경은 힘없이 돌아선다. 예상치 못한 '아저씨'의 대답에, 그 말 한마디에 화풀이할 곳조차 잃었다.

"그래! 사랑한다." 이 말은 "자기, 나 사랑해?" "응, 완전." 같은 말을 반복하는 십대 연인들의 그것과 같을 수 없다. 그러나 이것은 선언이다.

그날 그 아저씨의 집은 '울고불고 빌고'…… 시끄러울 것 같지 않았다. 그냥 느낌이 그렇다. 최악이라고 해도 침묵? 사랑을 위해서는 그 어떤 것도 마다하지 않는다는 의미가 아니다. 그는 그냥 있는 그대로 자신을 보여주었을 뿐이다.

이 영화는 거창하지 않다. 소박한 작품이다. 하지만 언제든지 세상에 반격할 준비가 되어 있는, 단단하고 믿을 만한 친구 같다. 변치 않을 '내 편!' 나는 행복했다. 아니, 도대체 이런 영화를 만든 사람이 누구야? 한국 사람 맞아? 심지어 한국 남자?

한국 사회에서 가족의 지위는 자녀의 성공과 안락해 보이는 집에 근거를 둔다. 〈가족의 탄생〉은 새롭다 못해 기존의 한국 영화와 격을 달리하면서, 프레임을 이동시킨 작품이다. 한국에도 이런 영화가 있으며, 이런 영화감독이 있다고 자랑할 만한 영화다. 나는 이 영화를 보고 섣불리 한국 사회에 좌절하지 않기로 했다.

최근에 본 짐 자무시 감독의 〈패터슨(Paterson)〉에 이런

대사가 나온다. "시(詩)가 나를 숨 쉬게 해요." 〈가족의 탄생〉
은 나를 숨 쉬게 하는 영화다. 감독에게 한마디. "이런 영화를
만들어줘서 고마워요. 가족이라는 단어만 들어도 지겨운 사람
이 많은데…… 제목이 〈가족의 탄생〉인데도 좋아요. 이 영화
가 아니었다면 내 삶은 훨씬 힘겨웠을 거예요."

김태용, 2006, 한국

'사랑한다'와
'사랑했다'

하얀 궁전

사랑이 무엇인지는 모르겠지만, 사랑의 반대 상황은 확실하다. 사랑'한다'의 반대말은 사랑'했다'이다. 사랑은 시점이 개념을 좌우한다. 사랑할 때와 헤어질 때 혹은 '식었을 때' 태도의 차이가 인격의 기준이라고 믿는다. 남겨진 사람은 시간에 따른 상대의 변화를 받아들여야 한다.

사랑은 별 게 아니다. 사회 구조의 일부이면서 체제 안에서 만들어진 인지(認知) 활동이자 인류 역사의 한 부분일 뿐이다. 《낭만적 사랑과 사회》(재클린 살스비), 《사랑은 지독한, 그러나 너무나 정상적인 혼란》(울리히 벡, 엘리자베트 벡-게른스하임), 《현대 사회의 성 사랑 에로티시즘》(앤서니 기든스)을 읽으면 사랑을 역사적 산물로 이해하는 데 도움이 될 것이다. 아, 내 사랑도 특별하지 않군. 사랑은 자본주의 사회의 거대 종교이자 산업이다. 물론 당장 사랑 때문에 고통받는 당사자들에게 이보다 얄밉고 의미 없는 말도 없겠지만 말이다.

인생에서 가장 어려운 일은 인간관계다. 사랑은 그중에서 가장 치열한 관계다. 사랑은 모호한 개념이고, 계산할 수 없는 노동이며, 돌변하는 퍼포먼스다. 지금 〈하얀 궁전(White Palace)〉을 본다면, 거의 판타지다. 계급이 다르면 사는 동네도 다른 세상인데, 사랑은 무슨……

흔한 소재일 수도 있다. 남자(제임스 스페이더 분)는 스물일곱, 원래 부자에다 변호사다. 여자(수전 서랜든 분)는 마흔셋이며 '하얀 궁전'이라는 햄버거 가게의 점원이다. 남자는 모범생을 넘어 거의 '도련님' 수준이고, 여자는 과거의 깊은 상처로 자포자기 상태다. 호방해 보이지만 사포(砂布)로 문질러낸 속살이 보이는 듯하다. 가슴 아픈 얼굴이다. 남자의 고통은 하나, 얼마 전 사랑하는 아내를 잃었다.

남자와 여자는 만날 일이 없는 사람들이다. 우연히 술독에 빠진 채 거리를 헤매던 남자가 여자의 차를 얻어 타면서 둘은 하룻밤 섹스를 한다. 여자는 오랜만에 섹스를 즐기는 듯하

지만, "끝내주게 섹스를 잘하는 여자"를 경험한, 이 잘생긴 남
자가 다시 찾아오기를 바랐는지도 모른다.

지금 내가 동일시하는 대상은 확실하지만(여성), 이 영화
를 남자 주인공과 같은 나이 때 보았다. 당시에도 나는 '여성'
에 가까웠지만, 20대에는 누구나 그렇듯 내가 '마흔세 살'이
될 줄은 상상하지 못했다. 그때는 계급 차이가 두드러져 보였
다. 영화 속 두 사람 사이에는 되돌릴 수 없는 계급 격차 그리
고 그에 따른 집, 지식, 교양, 다른 방식의 삶이 있다. 물론 남
자의 나이가 많다면 '사랑의 장벽' 같은 것은 없다. 여성이 어
리다면 계급은 문제가 되지 않는다. 젠더는 이렇게 강력하
다.(즉, 부유한 40대 남자와 가난하지만 젊고 예쁜 20대 여자의 결
합은 '자연스럽다'.)

'배우' 수전 서랜든은 여기서도 멋지고 당당해서, 남자의
지인들 모임에 가서도 "노동 계급은 그렇게 생각하지 않거든
요!"라고 발언하면서 '그들'에게 먼저 선을 긋는다.

둘은 잠시 헤어진다. 여자는 '그럼, 그렇지. 잠깐 지나간
놈'이라는 투다. 속마음은 모르지만……. 이럴 때 여자에게
'그가 어느 날 불쑥 찾아올 것'이라는 희망은 고문이다. 대중
가요는 기다리는 여자를 노래하지만, 여자는 절대로 기다려

서는 안 된다. 여전히 방황 중인 남자가 다시 찾아왔을 때, 여자는 묻는다. "네 인생에 내가 필요한 거냐, 아니면 단지 그냥 좋은 거냐, 나를 원하는 거냐?" 남자는 당황스러워한다. 잘 모르겠단다.

우리도 이런 질문을 많이 한다. "엄마는 나를 정말 사랑해? 아니면 그저 자랑거리야?" "내가 돈이 많아서 좋은 거야, 정말 사랑하는 거야?" 하물며 배타적 사랑일 때는? 모든 인간관계에서 '필요(need), 원함(want), 좋아함(like)'은 심각한 주제이다. 더구나 이 말들의 영어 표현과 한글은 어감이 달라서 명확한 의미를 파악하기 어렵다. 예를 들어 '원한다'는 욕망의 스펙트럼은 대단히 넓다. 원함의 다른 측면인 소유라는 관점에서 보면 상대의 어디서부터 어디까지를 원하는지를 알기 어렵다. '원한다'는 '사랑한다'보다 숨 막히고 섹시하다. '필요'도 그렇다. 필요야말로 가장 절실한 사랑인지도 모른다. 마치 식욕과 수면욕처럼, '나'라는 생물체의 생존 조건이 '너'에게 달렸다는 말이다.

좋아함과 사랑의 차이에 대해서는 이런 식의 비유가 널리 퍼져 있다. "고양이는 생선을 좋아하지만 사랑하지는 않죠. 그러나 등반가는 산을 좋아하고 또 사랑하죠."

'사랑한다'가 가장 위대한 말처럼 보이지만 연인 관계에서 필요, 원함, 좋아함, 사랑은 모두 다르다. 대개는 혼재된 상태에서 사랑의 사회적 각본(매뉴얼)대로 사랑한다. 규범 밖의 사랑은 제도의 지지를 받지 못하므로 '조금' 다를 뿐이다. 제도 밖의 사랑이라고 해서 그리 대단한 것도 아니다.

'모든' 사랑은 사랑하는 자의 결핍이나 욕망에 대한 자기 판단, 회계(會計, 대차대조표), 자기 확신이다. 자기가 사랑받고 있다고 느끼는 사람은, 절대로 이 사실을 잊어서는 안 된다. 사랑받음은 내게 일어나는 현상이 아니라 상대방의 자기 혼란이다. 사랑은 내가 타인의 상태에 어떻게 반응하는가에 달려 있다. 본인이 매력적이고 잘나서 사랑받는 것이 아니라는 얘기다.

나는 〈하얀 궁전〉의 두 사람은 서로를 '필요로 했다'고 생각한다. 나는 이 영화를 엄청나게 좋아한다. 로맨스 영화를 좋아하기도 하지만, '필요한 사람이 필요할 때'가 많았기 때문이다. 그런 사람이 실제로 나타난 적은 없다. 그래서 이 영화는 나의 영원한 판타지다. 인생의 어느 고비에서 많은 이들이 그럴 것이다. 누구나 절실하게 사람이 필요할 때가 있다. "제발 도와주세요." 이토록 사람이 필요할 때가 있다. 문제는 필요한 관계를 얻으려면, 그 관계를 오래 이어 가려면 무엇이 가장 필요한가를 아는 것이다. 너무 절실하게 필요하면 분별력이 사라져서, '아무나'가 상대가 되고 그 상처로 다시 절실한 필요가 더해지는 악순환이 반복되는 경우가 많다.

'필요'가 '사랑'이 되려면 윤리가 필요하다. 사람들이 인간관계에서 가장 분노할 때는 상대가 나를 이용했다는 판단이 들 때다. 자신이 '고양이에게 먹힌 생선'이었다는 기분이 들 때, 화가 나고 불쾌하고 때론 비참하고 자책하지 않는 사람은 드물다. 그것은 내가 사물로 다루어졌다는 의미이다. 상대에게 무시당하고 어느 부분만 착취당했다는 것을 의미한다. 상대가 나를 함부로 대하고 나의 고통을 즐겼다는 것을 의미한다. 그리고 나는 이 모든 것을 몰랐다는 것을 의미한다.

사랑 이전에 윤리. 윤리는 정치학이고 사회 정의다. 윤리는 상대를 존중하는 것에서 시작한다. 그리고 이것은 생각보다 어렵지 않다. 이렇게 말하면 된다. "사랑이 무엇인지는 모르겠어요. 하지만 지금 내 사정이 이래요. 그래서 잠시가 될지 어떨지 모르겠지만, 분명한 것은 나는 지금 당신이 필요합니다. 당신의 존재, 당신의 도움이 필요해요. 대신 최선을 다해 당신과 협상하고, 당신에게 정성을 다하겠어요. 당신도 내게 필요한 것 혹은 불편한 모든 것을 말해주세요. 물론 당신에게만 충실하겠어요." 의사소통이 사랑의 기본이건만, 우리는 타인과 대화하는 데 익숙하지 않다. 대화 자체가 권력 관계의 규제를 받는다는 점도 문제다.

언어적 의미로만 볼 때 '필요'는 '사랑'에 비해서는 부분적이고 조건적이다. 그렇다고 해서 필요와 사랑에 위계가 있는 것은 아니다. 무조건적인 완전한 사랑은 존재하지 않으며, 필요의 조건을 명확히 하는 것이 상대를 더 존중하는 방식이기 때문이다.

영화 마지막에 두 사람은 다시 만난다. 이른바 해피 엔딩인데, 내겐 대사가 해피 엔딩이었다. 대개는 상처를 주고받고 재회하는 장면에서 "미안해, 내가 잘못했어. 보고 싶었어." 같은 대사가 나온다. 이 영화는 그렇지 않다. 두 사람 모두 "I embarrassed you."라는 요지의 표현을 몇 차례 나눈다. 내가 본 1990년대 비디오 테이프의 자막은 직역이었다. "당황하게 해서 미안해, 부끄러워, 아냐, 내가 난처하게 했어⋯⋯." 영화의 전체 맥락을 생각하면 어떤 표현도 어색하다. 나는 혼자서 "나 때문에 속상했지, 괴로웠지?" 이렇게 중얼거렸지만, 역시 자연스럽지 않았다.

두 사람 사이에 오간 대화의 정확한 의미는 어원에 있다. em/im(안에)+barrass(가두다). 그러니까 상대를 있는 그대로 수용하지 못하고 자기가 원하는 생각에 가두어놓고, 나를 사랑하지 않는다고 혼자서 괴로워했다는 사실을 주인공들은 깨달았다.

이 영화는 내가 제임스 스페이더의 필모그래피를 섭렵(?)할 때 눈에 띈 작품이었다. 그는 오랫동안 내가 정말 좋아하는 남자 배우였다. 저평가된 배우이고, 아쉽게 나이 든 배우라고 생각한다. 굉장한 미모에 지성, 무력함, 악마성, 취약함, 평범함, 피로가 다 묻어난다. 수전 서랜든은 더 설명할 필요가 없을 것이다. 어떤 배역을 맡아도 지적이고 기품이 있다.

루이스 만도키, 1991, 미국

남성이
요부가 될 때

인 더 컷

미국이나 한국이나, 연쇄 살인 사건의 희생자들은 주로 성 산
업에 종사하는 여성들이다. 특히, 남자들 간의 권력 투쟁에서
패배한 낮은 계급의 남성들이 '매춘' 여성을 살해하는 이유는,
남자들이 생각하기에, 그들이 여성 젠더를 대변하기 때문이
다. 남자들 간의 승패는 여성의 몸을 통해 실현된다. 성매매에
관련된 여성을 살해하는 것은 '부담이 없고', 사람들의 분노를
덜 산다. 일반 대중도 살인범과 비슷한 생각을 공유하기 때문
이다. 성매매 상황에서 벌어지는 남성 손님의 구타, 강간, 살
인에 대해 문제 제기하는 여성 운동가들이 가장 많이 부딪히
는 여론은 "그 여자들은 어차피 그런 걸 각오한 사람들 아니

냐."는 것이다. 여성의 섹스가 매춘이든 사랑이든, 남성의 요구가 아니라 여성 자신의 선택일 때, 여성은 목숨을 잃는 것을 포함해 모든 위험을 감수해야 한다는 논리다.

관객들의 〈인 더 컷(In the Cut)〉 영화평들은 대개 별 두 개에서 멈춘다. 서울여성영화제 개막작이어서 '페미니즘 예술 영화'라는 선입견 때문인지, "무슨 얘긴지 모르겠다."라거나, "스릴러인데 시시하다."는 평이 대부분이다. 예전에 카트린 브레야 감독의 〈로망스〉를 놓고 벌어진 영화평론가 김봉석과 심영섭의 논쟁이 여기서 재연된다. 거칠게 요약하자면 그 논쟁의 쟁점은 "왜 여자들이 섹스를 갖고 저 난리냐, 짜증난다." vs "여자들에게는 섹스가 중요하다, 남성들은 그걸 이해하기 어렵다."였다.

섹스나 외로움은 그 자체로 정치적인 문제이고 '정치'가 작동하기 위한 전제이지만, 한국 사회에서 여성주의자가 성을 문제 삼으면 남성의 조롱과 비난에 직면하게 된다. 물론 성폭력이나 가정 폭력처럼 피해를 강조하는 것은 그나마 용서가 된다. 하지만 여성의 욕망이나 성욕은 비정상적이고 탈정치적인 문제로 여겨진다. 가장 일반적인 반응은 '먹고살 만한' 여자들의 한가한 문제 혹은 '서구적 페미니즘'이라는 비난이다. 이런 반응은 '여성주의' 내부에도 상당히 많다. 섹스나 외로움이 중산층만의 문제라고 보는 것은 계급 차별적 편견이다. 가난한 사람들은 섹스나 외로움으로 고통받지 않거나 먹고살기 힘들어서 고통받을 자격조차 없다는 말인가?

여성주의에서 성과 사랑이 이론적, 정치적으로 중요한 주제가 되는 이유는, 젠더 사회에서 여성은 남성의 섹스에 의해 규정되는 존재이기 때문이다. 여성이 남성의 정의를 거부하고 스스로 섹스를 정의할 때, "몸을 함부로 굴리는 여자"들 20여 명을 살해했다는 어느 연쇄 살인 용의자의 실천대로, '처벌'받게 된다. 여성의 섹스는 스스로 죽음을 초대하는 행위라는 것이다. 섹스는 성의 영역에 머물지 않는다. 젠더에 대해 말하고 글을 쓰는 것이 생계 수단인 나는 앞장서서 '몸(입)을 함부로 굴리는' 여자다. 내가 피해 여성이 되지 않으리라 확신할 수 없다. 여성은 섹스로 인해, 혹은 단지 성별 때문에 두들겨 맞고, 직장을 잃고, 사회적으로 매장되고, 목숨을 잃는다. 이런 문제가 정치적인 문제가 아니라면, 도대체 무엇이 정치적인 문제란 말인가?

내가 열광하는 영화들인 〈여인의 초상〉, 〈스위티〉, 〈피아노〉, 〈내 책상 위의 천사〉의 감독인 제인 캠피언의 〈인 더 컷〉은 스릴러를 표방한다. 영화의 줄거리는 간단하다. 주인공 프래니(멕 라이언 분)는 자신이 사랑하는 말로이 형사(마크 러팔로

분)가 연쇄 살인범일지 모른다는 공포에 떨지만, 그의 섹스와 따뜻함을 그리워한다. 범인은 말로이의 동료 형사(닉 다미시 분)였고, 프래니도 희생자가 될 뻔했으나 살인범을 죽이고 탈출한다. 이 영화는 서스펜스 스릴러 장르에 충실하지 않다. 스릴러 영화에 요구되는 복잡한 스토리, 복선이나 속임수, 극적인 반전 같은 것이 없다.

스릴러만큼 형식미를 뽐내는 장르도 없지만, 이 영화는 '말하는 형식'보다는 '말의 내용'에 집중한다. 이제까지 주로 남성이 만들어 온 스릴러 영화들은 스토리의 구성미에 주된 의미를 두었지 이야기 내용의 정치학은 중요하게 다루지 않았다. 즉, 남성 스릴러는 장르와 이야기를 대립시키며 형식에 집착했다. '정치적으로 올바른 이야기'는 드라마 장르에서나 중요하지, 액션이나 스릴러에서는 논외라고 생각하는 것은 편견이다.

스릴러뿐만 아니라 로맨스, 공포, 액션 등 모든 장르의 법칙은 몰성적(gender 'blind')이어서, 장르의 형식을 깨지 않고 여자의 이야기를 담는 것은 불가능하다. 〈인 더 컷〉에 대한 일반적인 소개는 "스릴러 형식을 빌려 여성의 욕망을 이야기했다."는 것인데, 나는 조금 다르게 생각한다. 〈인 더 컷〉은 스릴러의 형식을 빌린 것이라기보다는 스릴러에 여성의 언어를 담는 작업은 필연적으로 남성 스릴러의 비정치성을 문제 삼을 수밖에 없다는 것을 보여준 영화다. 남성이 기대하는 스릴러, 남성이 만들어 온 스릴러와 '여성주의 스릴러'의 대립은, 영문학을 가르치는 주인공 프래니와 남학생의 대화에서 잘 드러난다. 프래니가 버지니아 울프의 소설 《등대로》를 과제로 내주자 남학생은 짜증내며 말한다. "이 책, 재미없어요." "왜?" "겨우 노파 하나 죽잖아요." "그럼, 대체 몇 명이나 죽길 바라지?" "최소 세 명은 죽어야죠!"

섹스와 섹스의 쾌락을 배우는 최선의 방법은 마음이 열린 연인을 만나는 일이다. 이성애자 여성, 게다가 페미니스트라면 이 문제는 절박하다. 하긴, 그걸 누가 모르나? 여성들의 괴로움은 가부장제 사회, 특히 한국 사회에서 그런 남성을 찾기 힘들다는 데 있다.

〈인 더 컷〉에 그런 남자가 나온다. 남자 주인공 말로이 형사(마크 러팔로)다. 이 배우는 케네스 로너건 감독의 〈유 캔 카운트 온 미〉에서 '부랑아'로 나오는데 〈인 더 컷〉 배역보다 더 멋있다. '실은', 마크 러팔로는 내가 '가장' 좋아하는 배우다. 좋아하는 배우가 한둘이 아니지만, 나는 정말 지조가 없지만, 이 배우 정말 멋있다. 어벤저스 시리즈에 나왔을 때 죽고 싶을 만큼 괴로웠다. 할리우드의 대표적인 페미니스트 남자 배우이기도 하다. 평범하면서도 분위기가 있고 어떤 배역도 인간에 대한 수용력이 있어 보인다. 말로이는 전화로 사랑하는 여자에게 자위 방법을 알려주고, 여자의 섹스를 위해 기꺼이 수갑을 찰 수 있는 남자다. 이 남자는 연인에게 "클리토리스는 섹스가 무엇인지 알려주는 곳"이라고 속삭인다. 말로이는 외로움에 지친 여자에게 말한다. "당신이 원하는 거는 뭐든 다 해줄게. 애무, 근사한 저녁 식사, 환상적인 잠자리, 오럴 섹스…… 죽여 달라는 것만 빼고 다 해줄게."

"죽여 달라는 것만 빼고 다 해준다."는 말은 연인들 사이의 흔한 사랑의 맹세지만, 문제는 이 남자가 동생 폴린(제니퍼 제이슨 리 분)까지 죽인 연쇄 살인범일지도 모른다는 사실이다. "죽여 달라는 것만 빼고"가 아니라, 이 남자를 사랑했다간 죽는 일만 남을지도 모르는 상황이다.

남성과 달리 여성에게 '번개 섹스', '원 나잇 스탠드', '캐주얼 섹스', 아니, 거기까지 갈 것도 없고 이성애 자체가 살인, 구타, 강간, 협박, 평생의 트라우마, 패가망신이 따를지도 모르는 일이다.

물론 여성에게 섹스는 억압이자 자원이기도 하다. 그러나 평생 동안 자원이 되는 것도 아니고, 자원일 경우에도 여성이 자기 섹슈얼리티를 실천하기는 어렵다. 사회가 여자의 섹스를 허용하지 않기 때문에, 여자에게 섹스는 생명과 삶 전체를 걸어야 하는 정치적 투쟁의 목표가 된다. 여성이 다른 삶을 모색하거나, 자기 정체성을 확인하고 싶을 때, 자신이 다른 사람이 되었다는 것을 증명하고 싶을 때, 성은 이 모든 것들의 변화를 알려주는 리트머스 시험지다. 여성에게 섹스는 이토록 중요하다. 섹스가 여성에게 정치적 의미를 발생시키지 않을 때는 젠더도 작동하지 않는다. 가부장제 사회가 여성을 섹스에 묶어 두었기 때문에, 여성에게 섹슈얼리티는 자기 혁명의 증표가 되어버린다. 사회가 얼마나 야비한 구도로 형성되어 있는지를 섹슈얼리티보다 더 분명하게 드러내는 영역은 없다.

가부장제 사회가 남성은 성적 주체로, 여성은 성적 대상으로 만든다는 말은 진실이 아니다. 유사 이래 여성은 언제나 성적 주체였다. '꽃뱀'의 유혹에 넘어간 남성들의 '억울한 호소', '큰 뜻'을 이루려는 남성과 이들을 대변하는 남성 문화는 여성을 '남자 신세 망치는 골칫덩이'로 경멸해 왔는데, 그 혐오의 정점이 '창녀'였다. 이처럼 여성은 성의 피해자로서 또는 주체로서 남성의 편의에 따라 늘 양립해 왔다.

스릴러 영화의 공식인, 남자 주인공을 시험에 들게 하는 팜파탈(femme fatale), 즉 치명적 요부(妖婦)는 남성의 모순을 여성에게 투사한 존재이기에 오랫동안 남자 감독들의 사랑을 받아 왔다.(이는 남성 작가들의 예술적 상상력이 젠더에 의해 제한받는 대표적인 사례이기도 하다.) 팜파탈은 남성이 저지르는 폭력과 파괴가 결코 남성의 잘못이 아니라는 것을 주장하는 남성 판타지의 산물이다. 남성의 성욕은 무한대라서 어디로 '분출'될지 모르지만(성의 피해자로서 여성), 성욕 폭발의 버튼을 누른 사람은 남자 자신이 아니라 남자를 유혹하는 여자(성의 유혹자로서 여성)라는 것이다.

이때 남성은 오히려, 모든 성폭력 가해자들이 합창하듯이, 유혹자 여성의 '피해자'가 된다. 팜파탈은 남성의 욕망을 맘껏 채워주면서도 남성들을 책임에서 벗어나게 해준다. 남성은 여성에게 무성적인 존재로 살아갈 것을 요구하면서도, 성적인 문제의 모든 책임은 여성에게 떠넘긴다. 그러나 팜파탈 이데올로기에는 이보다 더 중요한 메시지가 있다. 팜파탈을 통해 남성 문화가 진짜 주장하고 싶은 바는, 섹스라는 '자연' 앞에서 고뇌하는 이성(理性)과 문화의 담지자인 남성과, 섹스밖에 모르는 머리 없는 몸뚱이 자연으로서 여성이라는 성별

이분법의 대비다.

〈인 더 컷〉은 이 공식을 뒤집는다. 이 영화에서는 욕망으로 고통받으며 사랑에 빠질까 봐 고뇌하는 사람이 여성이고, 매력적이나 치명적인 유혹자는 남성이다. 여성이 유혹자가 아니라 유혹당하는 사람으로 재현되며, '여성'도 갈등, 사유, 선택, 책임 같은 인간의 행위를 하는 살아 움직이는, 변화하는 존재가 된다. 행위자로서 여성, 역사적 주체로서 여성, 그리고 여성의 성적인 욕망은 남성 사회를 위협한다. 여성이 원하는 것은 언제나 그 사회의 경계와 만나고, 결국 정치적 갈등을 불러올 수밖에 없다. "네가 원하는 게 무엇인지 모르겠다."라고 말로이가 불평하자, 프래니는 "내가 너무 많은 것을 원하게 될까 봐 두려워."라고 말한다.

'여성이 원하는 것'은 남성에게 공포를 불러일으킨다. 정의되지도 않고 알 수도 없는 '여성이 원하는 것'은 남성에게 무기력과 수치심을 느끼게 한다. 프로이트뿐만 아니라 대개의 남성들에게 여성은 '검은 대륙'이다. '검은 대륙'에 접근하지 못하고 두려움에 떨고 있는 남성들이 짜증스럽고 히스테리컬하게 말한다. "도대체 요점이 뭐야! 원하는 게 뭐야!"

제인 캠피언, 2003, 미국

마조히즘을
욕망하는 여자?

피아니스트

어느 대학에 강연을 갔다. 이야기하다가 "다시 태어난다면 두 가지 점 때문에 남자로 살고 싶다."고 했다. 하나는 (아무리 계급이 낮은 남자라도) 일상을 유지하기 위한 그 많은 자질구레하고 진 빼는 노동에서 면제된다는 점, 그래서 그들은 '이성'적일 수 있고, 초월할 수 있다는 것. 다른 하나는…… 차마 말하지 못했다. 질문 시간에 어느 학생이 다시 물었으나 솔직하게 답하지 않았다.

주디스 버틀러는 "페미니즘이나 정신분석학이나 여성을 생물학적 사실로 전제했다는 점에서는 똑같은 본질주의다."라는 다소 '과격한' 주장으로 보편주의자들을 불편하게 했지만 사실 그 말은 맞다. "가부장제가 여성을 동일성에 가둔다면, 우리는 다양성으로 맞서겠다." 이제까지 여성 공통성의 대표 요소로 여겨졌던 모성, 섹슈얼리티에 대한 여자들의 경험은 같지 않다. 남자 시스템이 그들의 필요와 원하는 기능에 따라 "여자는 모두 본질적으로 '창녀'이다.(어머니도 마찬가지다) 그러니까 같다."고 명명했을 뿐이다. 여자들은 같지 않다. 이러한 인식은 나의 숨통을 열어준다.

내가 취약해 보여서일까. 처음 만나는 여성들도 내게 비밀스런 이야기를 잘 한다. 나는 쌔근쌔근 잠들어 있는 100일도 안 된 딸을 보고 묘한 (가학적) 감정에 사로잡힌 적이 있는데, 내게 상담을 청한 어떤 여성이 그런 나의 무의식에 일격을 가했다. "저는 잠들어 있는 아이를 보면 목 졸라 죽이고 싶어요. 선생님은 안 그러세요? 그애가 나를 밖에 못 나가게 하고 내 미래를 빼앗아 갔잖아요?" 상상력이 있어야 현실을 볼 수 있다. 어쩌면 이 여성의 이야기가 모성의 현실일지도 모른다. 모든 여성이 아이를 낳는 것은 아니며 아이를 낳은 모든 여성이 헌신과 희생(이것은 책임과 다르다)을 당연하게 수용하지 않듯, 모든 여성이 달콤하고 부드러운 섹스를 원하는 것은 아니다. 그러나 세계 최고 수준의 젠더 극우주의자들이 우글거리는 한국 사회의 정치적 검열과, 그 검열을 남자들의 기대 이상으로 초과 달성하려는 검열이 과잉 내면화된 이 땅의 여자들은 남자가 원하는 범주에서 벗어나는 자기 경험은 말하려 하지 않는다. 우리는 궤도를 이탈한 여자에게 어떠한 추방과 사회적 죽음이 기다리고 있는지 본능적으로 안다. 나혜석처럼 살고 싶지만 나혜석처럼 죽고 싶은 여자는 없는 것이다.

내 생각에 한국은 동성(애자) 사회(homo social)다. 한국 사회에서 남자는 게이이고 여자는 레즈비언이다. 남자들은 접촉을 가장한 패싸움을 즐겨 벌인다. 그렇게 격렬히 만지고 (싸우고) 나면 세상에서 가장 친한 친구가 된다. 남자는 자기들끼리 밀어주고 아껴주고 키워주고 자리를 대물림한다. 여자를 가운데 둔 삼각관계에서도 지지고 볶고 질투로 진을 빼는 대신 협상하거나 친구가 되거나, 여자를 제물 삼아 함께 성장한다.(보비더버그의 〈아름다운 청춘〉이나 알폰소 쿠아론의 〈이 투 마마〉를 보라.) 남자에게 여자와의 사랑은 남성 연대만큼 중요하지 않다.

반면 가부장제 사회에서 여성이 레즈비언이 되는 방식은 남성의 타자, 대리인으로서이다. 여성 대부분은 몸만 '여자'지 남자의 사고방식을 머리에 이고 지고 남자의 비위 맞추기를 일상 노동으로 삼아 산다. 생각해보라. 여자들이 '진짜' 이성애자라면, 남자의 벗은 몸을 보고 쾌락을 느껴야 하지 않을까? 그러나 대부분의 이성애자 여자들에게 남자의 벗은 몸은 공포요, 폭력이다. 성기 노출이 성폭력이 될 수 있는 이유는 여성이 그것을 얼마나 두려워하고 불쾌해하는지 그들이 정확히 간파하고 있기 때문이다. 여자들은 이성애자이면서도 남자의 벗은 몸이 아니라 (남성의 시선으로) 여자의 벗은 몸을 보고 성욕을 느낀다. 우리는 남자의 안경을 너무 오래 쓴 탓에 아예 남자의 눈을 가지게 되었다.

사랑은 여자의 일이다. 사랑(관계)을 유지하기 위한 감정 노동, 육체 노동, 그 모든 비용은 여자의 몫이다. 여성이 그 일을 그만두는 순간 이기적인 여자라는 비난과 함께 대부분의 연애는 끝난다. 성별 사회에서 여자에게 사랑은 사회적 관계, 생존, 돈, 자아 실현, 성취 같은 인생의 모든 것이기 쉽지만, 남자에게 사랑은 언제나 다시 올 버스, 여러 버스 중 한 대일 뿐이다. 남자가 사랑에 울고불고할 때는 자기가 찬 것이 아니라 차였을 때, 즉 게임에 지고 거부당해 자존심이 다쳤을 때뿐이다. 닐 세다카의 〈You mean everything to me〉? 김소월의 〈진달래꽃〉? 그들은 남자지만 여성 화자로서 말한다. 반면 여성 작가가 남성 화자로 말하는 작품은 별로 없다. 남자는 두 영역을 모두 오갈 수 있지만 여자는 그럴 수 없다.

이런 세상을 상상해본다. 남자에게도 사랑이 관계, 생존, 돈, 자아 실현, 인생의 목표여야 한다. 남자들도 친밀감에 목숨을 걸고 관계 유지를 위해 자기 생의 모든 가능성을 포기하고 사랑하는 여자의 출세를 위해 헌신한다. 남자가 여자에게 성폭행당한 후 여자가 결혼을 거부하자 자살한다. 여자는 배, 남자는 항구가 되어 남자도 여자를 기다리다 지쳐 썩어 문드러져 돌이 된다.

사랑과 친밀감, 섹슈얼리티의 정치경제학에 혁명이 오기 전까지는 그 어떤 남자들의 혁명도 부분적이거나 자기 만족일 뿐이며 반드시 실패할 것이다. 당연하지 않은가? 여성이 자기 몸을 소유하는 것은 노동자가 생산 수단을 소유하는 것보다 더 '근본적인' 변화를 가져온다. 인류의 가장 거대한 타자성(他者性)이 일소되는 것이다.

이자벨 위페르가 주연을 맡은 영화 〈피아니스트〉는 '사랑은 여자의 일이되, 사랑의 주체는 남자'라는 이 체제의 법칙을 거부한 여자가 가슴의 내파(內波)를 견디지 못하고 자폭하는 이야기다. 어떤 여자들에게 이 영화는 당황스럽고, 어떤 여자들에게는 혼란스럽다. 어떤 여자들에게는 극심한 통증이다. 언제나 상처는, 해석은, 이야기는 자신의 풍경에서 비롯되기 마련이다. 한창 추울 때 혼자 이 영화를 보고 온 후 나는 이틀을 몸져누웠다. 내게 기운을…… 기운이 너무 없었다. 이런 나의 '감수성'에 감탄하거나 조소하던 친구들도 이 영화를 보고 나서 아팠다고 고백했다. 이 영화가 당황스럽고 혼란스러운 것은 두 가지 이유 때문일 것이다. 먼저 사랑하는 젊은 남자에게 피학증(마조히즘)을 원하는 여주인공의 욕망이 페미니스트의 '정치적 올바름'에 딴지를 건다. 두 번째 이유는 스크린에 (일부) 여성의 자기 체험이 '고스란히' 재현되기 때문이다. 〈피아니스트〉는 기존에 재현된 여성의 경험과는 거리가 멀다. 이 영화는 우리의 '어떤 것'을 벗지 않으면 맞지 않는 옷이다.

남성 사회에서 여성의 섹슈얼리티는 자유주의면 자유주의, 페미니즘이면 페미니즘, 피해 의식이면 피해 의식이 뒤엉킨, 대단히 복잡하며 중층적인 것이다. 그러나 이러한 '다양성'이 여성 주체의 자유를 의미하는 것은 아니다. 여성은 그 어느 것도 선택하거나 표현할 수 없다. 가부장제 사회에서 여성들은 세 가지 마조히즘을 '동시성의 비동시성' 혹은 '비동시적인 것을 동시적'으로 지니고 있다. 첫 번째는 남성이 여성에 대한 폭력의 책임을 피하고 그 책임을 여성에게 전가하기 위해 주장하는 '여자는 강간을 즐긴다'는 프로이트식 마조히즘이다. 남자들의 이러한 투사 때문에 여성 폭력에 반대하는 페미니스트들은 마조히즘이라는 말만 나와도 질겁할 수밖에 없다. 그래서 여성들은 마조히즘을 원해도 '원한다'고 말하지 못한다. 사실 사도마조히즘은 준비되고, 기획되고, 동의된 대단히 '지적'인 섹스다. 남자의 권력과 폭력, 여성의 피학성을 정당화하는 것과는 아무 관련이 없다.

두 번째는 성이 학습되는 문화의 일부라는 점을 인정한다면, 가부장제 사회에서 남성 섹슈얼리티가 성폭력/성매매와 성관계를 구별하지 못하듯이, 즉 남성의 쾌락이 가학적인 것으로 사회화되었듯이, 여성의 섹슈얼리티가 피학적으로 학습되는 것 또한 어떤 면에서는 '당연'하다. 여성들은 안전하다고 믿는 파트너에겐 "아프게 해줘, 좀 더 세게 해줘, 나를 네 마음대로 해봐."라고 주문한다. 물론 이런 말을 성폭력범에게 하는 여성은 없다. 여성이 남성을 '성폭행'하는 경우는 (남자의 옷을 벗기는 것이 아니라) '벗겨 달라'고 강요(애원)하는 것이다.

세 번째는 여성의 욕망과 쾌락, 자율적 선택으로서 마조히즘이다. 〈피아니스트〉는 이 경우다. 이것이 나쁜가? 남자들이 이것을 이용한다고 해서 여성에게는 욕망할 권리도 없는 것인가? 여성 자신이 선택한 욕망으로서 마조히즘을 허위 의식으로 간주하는 페미니스트 정치학이 있다면 그것이야말로 허위 의식이다. 여주인공이 "자신감을 잃는 것보다 버림받는 것을 더 두려워하는" 지독히 외로운 여자였기 때문에 비정상이 되었다는 식의 영화 읽기는 여성의 주체성과 삶의 자유를 인정하지 않는 해석이다. 억압받는 사람은 '아름답고 착한 섹스'만 (원)해야 하나? 영화에서 여주인공은 두 각본을 동시에 위반한다. 남자가 만든 성 각본과 그것에 저항하는 세력이 만든 피억압자 '각본'이 그것이다.

일탈 욕망은 젊은/부잣집/도련님에게나 가능하다. 그것은 성 해방이며 인간의 성장과 창조를 촉진한다. 자기 세계를 넓히기 위한 남자의 모험이다. 그러나 힘없는 자의 욕망은 역겹거나 최소한 심한 불편함을 준다.(노인의 성과 사랑의 '욕망'을 다룬 영화 〈죽어도 좋아〉에 대한 우리 사회의 폭력을 보라.) 이자벨 위페르처럼 아버지 없이 어머니를 먹여 살려야 하고 사랑하는 젊은 남자로부터 "그런 몸으로 나를 흔들 수 있다고 생각해?"라는 말을 들어야 하는, 늙고 외로운 여자는 욕망도 선택도 품을 수 없다. 옷을 아무렇게나 입는 부르주아는 히피

요 문화적 전위지만, 가난한 자가 그렇게 한다면 단지 초라할 뿐이다.

남자의 사디즘과 마조히즘은 쾌락이요 전복이지만, 여자의 그것은 변태 성욕이다. 여성이 마조히즘의 대상이 될 때는 아무런 문제가 발생하지 않지만, 이 영화에서처럼 여성 스스로 마조히즘을 욕망으로 선택하는 주체가 될 때는 처벌받는다. 다시 말해 가부장제 사회는 여성에게 마조히즘이 있다고 강요하지만, 여성이 마조히즘을 선택하는 것은 허락하지 않는다.

이 영화를 두 번 봤다. 내내 울었고 그래서 많은 장면을 놓쳤지만 남자주인공이 여주인공에게 "당신은 미쳤어." "남자의 마음을 흔들어놓고 무시하면 어떡해?" "사랑은 함께하는 거야, 같이 즐기는 거야." "내 손이 더러워질까 봐 못 때린다." "다시는 남자를 모욕하지 마."라고 말하는 장면에서는 웃음과 비웃음을 모두 참기 힘들었다. 그 남자에게 묻고 싶다. 그러면 '같이 즐기는' 그 각본은 누가 짜는데? 네가 한 강간이 같이 즐기는 거야? 네 손은 일상적인 폭력으로 더러워져 있잖아? 만일 그녀가 미쳤다면 그것은 그녀가 단지 중년 여자이기 때문이고, 네가 미치지 않았다고 간주되는 것은 단지 젊은 남자이기 때문이야. 만일 그녀가 변태라면, 넌 (성폭행) 범죄자야. 그녀의 '변태성'은 최소한 남에게 피해를 주지는 않아. 하지만 넌 그녀를 대상으로, 물건으로 만들었잖아? 그리고, 미치고 안 미치고는 누가 결정하는데?

영화의 마지막 성폭력 장면은 남자주인공, 아니 남자 일반의 섹슈얼리티에 대한 욕망과 상상력의 종착지가 결국은 삽입(강간)이라는 것을 보여준다. "남성 주체는 삽입 섹스를 함으로써 존재한다."는 안드레아 드워킨의 통찰이 빛을 발하는 순간이다. 남자의 상상력은 젠더에 대한 일반적 통념을 조금도 벗어나지 못한다. 저토록 초라할 수가! 그가 말하는 '서로 즐기는' 섹스는 남자의 자존심과 사고의 범주가 조금도 다치지 않는, 그래서 여자에게는 불편하고 모욕적이며 불평등한 체제의 지속을 가리킨다. 그 어떤 혁명가도, 로맨티스트도 남자는 진정 체제 밖을 살 수 없다. 그런 상상력이 없다.

그녀에게 잘못이 있다면 여자에게 폭력은 판타지지만 남자에겐 현실임을 알지 못한 것이다. 젠더 시스템은 남성에게 판타지에 머물지 않고 폭력을 실천할 수 있는 권력을 부여한다. 그녀는 게임의 법칙을 몰랐다. 게다가 그녀는 남자의 친절과 친밀함이 주는 '좋음'에 익숙하지 않았다. 아니, 아예 원하지 않았는지도 모른다.

피억압자(특히 여성일 때)의 사회심리적 특징 중 하나는 불안한 미래의 행복보다는 현재의 확실한 불행을 편안하게 생각하는 경향이다. '행복'은 아무나 즐기는 것이 아니다. (취약한) 여성들은 관계에서 오는 긴장, 관계를 통제(해야)하는 자기 권력을 견디지 못한다. 상대 속으로 들어가거나 상대가 내 안으로 들어와, 두 사람이 하나가 되어, 자아 경계의 충돌과 협상이 주는 긴장이 해소되길 바란다. 여자의 입장에서 그렇게 되기 위한 가장 손쉬운 방법은 자기를 소멸시키는 것이다. 자아를 없애려면? 사랑하는 사람의 폭력의 대상이 되어 '그대 가슴에 물들어버리는 것'이다. 이것이 여주인공이 원한 사랑이었지만 그녀의 젠더는 이러한 사랑조차 불가능하게 만든다. 여성은 아무것도 선택할 수가 없다. 남자가 지배하는 사회에서 여성의 사랑은 그 어떤 것도 불가능한가? 이건 내가 강연에서 답하지 못한 두 번째 이유이기도 하다.

미하엘 하네케, 2001, 프랑스

부패하지 않는
사랑은 없다

디 아워스

경험이란 무엇일까. 언젠가 박완서는 자신이 경험한 것밖에는 못 쓴다고 말한 적이 있다. 성찰적이며 삶의 진실을 관통하는 말이 아닐 수 없다. 누구나 자신이 경험한 것밖에는 알지 못한다. 모든 언어 — 소설, 영화, 예술, 이론, 학문…… — 는 다 개인의 경험이다. 마르크스주의도 마르크스의 경험에 '불과'하며 푸코의 탈근대 이론도 푸코의 경험일 뿐이다. 박완서의 문학은 박완서의 경험이다(물론 아는 것과 말하는 것, 쓰는 것은 다르지만).

특정인의 사적인 경험이 보편적 이론이 되는 것, 그것이 권력의 효과일 것이다. 개개인의 경험은 모두 사회적 권력 관계를 통해 구조화된 것이다. 개인들은 자신의 경험을 통해 그리고 그 해석을 통해 다른 주체가 된다. 각기 다른 경험은 모든 이들에게 공평하게 이해되지 않는다. 한국/여성의 경험은 '특수한 경험'이고 서구/남성의 경험은 '보편적 이론'이 된다. 특수한 것은 보편의 적용을 받아야 한다. 그래서 나는, "마르크스주의를 한국에 적용했다, 정신분석학을 여성 문제에 적용했다"는 식의 언설에 반대한다. 마르크스주의를 한국에 적용했다면 그것은 이미 마르크스주의가 아니다. 다른 이름을 붙여야 한다. 마르크스주의는 특정 지역, 특정 시기, 특정한 성의 경험일 뿐이다. 서구 페미니즘이 한국에 적용될 때도 마찬가지다.

영화 〈디 아워스(The Hours)〉에 대한 일부 남성들의 폄하나 무감동은 독해 불능에서 온 것이다. 권력자는 자신이 이해하지 못한 것을 솔직하게 시인하지 않고 '나쁘다, 형편없다'고 해도 받아들여진다.

여성이 자기 경험을 정치적인 의미로 해석하지 않는다면, 그런 상상력과 용기를 갖지 않는다면, 〈디 아워스〉는 나를 포함하여 여성들에게도 명쾌하게 이해되는 영화는 아니다. 〈디 아워스〉는 '사소한' 여성의 경험과 감정을 의미화했을 때만 보인다. 그래서 어떤 사람은 이 영화를 보고 옷이 다 젖도록 운다. 어떤 사람은 그런 사람을 보고 감정 과잉이라고 느끼지만, 왠지 버지니아 울프 운운하면서 지적으로 포장된 이 영화에 대해 함부로 말했다간 무식하다고 망신당할 것 같아 입을 다물고 스트레스를 받는다. 어떤 사람은 감동은 받았지만 아리송해서 주변 사람들에게 이 영화에 대해 물어보고 다닌다.

내 생각에 〈디 아워스〉는 두 가지 주제를 다시 생각해보지 않으면 즐길 수 없는 영화다. 첫째, 여성과 시간. 스탠리 큐브릭 감독의 〈샤이닝〉은 가정 폭력 가해자가 시대를 초월하여 존재한다는 암시로 남자 주인공의 연도별 사진을 보여주면서 끝난다. 이와 비슷하게 낙태를 다룬 〈더 월〉(낸시 사보카·셰어 감독, 1996년)처럼 여성 문제를 다룬 영화들은 1950년대 여자, 1970년대 여자, 1990년대 여자…… 이런 식으로 시간과 공간을 초월한 여성 억압을 옴니버스 형식으로 보여주는 경우가 많다. 남자 문제 혹은 다른 사회 문제는 이러한 형식을 취한 영화가 거의 없다. 왜 여자의 일생은 〈디 아워스〉처럼 '단 하루를 통해서도 보여진다'고 가정될까? 남자는 진화하지만 여자는 진화하지 않기 때문? 여자의 매일매일은 같기 때문에?

여성 문제 전문가, 아니 '문제 여성' 진단 전문가를 자처하는 이 땅의 남자들이 가장 많이 하는 말은 '조선 시대에 비하면 여자들 사는 게 많이 나아졌다'는 것이다. 인간(남자)의 삶이 중세에 비해 나아졌기 때문에 더는 투쟁하거나 진보하지 않아도 된다는 말은 없다. 여성의 지위는 같은 시대, 같은 계급의 남성과 비교되지 않는다. 2010년대 여성의 지위는 2010년대 남성의 지위와 비교되지 않고 조선 시대 여성과 비교되며, 중산층 여성의 지위는 중산층 남성과 비교되지 않고 노동 계급 남성과 비교된다.

여성은 동시대 남성이 소유한 동산(動産)에 불과하기 때문에, 동일한 계급의 남성들과는 같은 비교가 불가능하다는 것이다. 가부장제 사회에서 여성은 역사의 진보를 실현하며 살아가는 현실적인 주체가 아니라 재현되는 기표이자 대상이기 때문에 시간의 변화와 상관없다. 그래서 여성은 언제나 시간과 공간의 다름이라는 비교 맥락을 무시한 채, 몰역사적으로 비교된다.

둘째, 여자/주부의 우울증과 '가출'. "얼마 전 엄마가 생모가 아니라는 사실을 알았습니다. 생모는 저를 낳자마자 가출했다고 합니다." "제가 고등학교 때 어머니가 아무 이유 없이 집을 나가셨습니다. 그 이유가 인생의 숙제였는데 이 수

업을 듣고 나서 어머니를 이해할 수 있을 것 같습니다." 여성학 시간 강사를 할 때 한 학기에 꼭 한두 명의 학생으로부터 이런 리포트를 받는다. 우리 사회에서 여성 문제가 사회 문제로 제기되려면 남편에게 맞거나, 성폭행당하거나, 아주 억울하게 해고당해야 한다. 남편이 때리지도 않았는데 심지어 〈디아워스〉처럼 남편이 사랑한다고 주장하는데, 아이를 두고 집을 나오는 로라(줄리언 무어 분)는 미친 여자이거나 마녀로 여겨진다.

물론 남성이 예술 혼이나 구도(求道) 혹은 혁명을 위해 집을 떠난다면, 그것은 불가피한 일이거나 고뇌에 찬 결단이거나 가족 이기주의를 초월한 위대한 인간 정신으로 여겨진다. 그런데 '겨우' 도서관 사서로 일하려고 주부가 아이를 팽개치고 집을 나가다니? 게다가 로라는 자신의 가출(탈출? 출가?)이 선택이 아니라 숙명이라 말하며, 페미니스트들은 이러한 현상을 정치적 문제라고 주장한다. 사회가 놀라 자빠지고 남자들이 '피해 의식'을 가질 만하다. 어떤 남성은 정말 진지하고 심각하게 내게 묻는다. "도대체 여자들은 왜 저래요? 남편이 행복하게 해주는데……." 문제는, 보이는 여성 억압과 보이지 않는 로라의 문제가 연속선 위에 있다는 사실이다. 아니, 현대

가부장제 사회의 여성 억압은 바로 로라의 문제로부터 기인한다는 사실이다.

나는 고1 때부터 약 20년 동안 한 달도 '연애' 상태가 아닌 적이 없었다. 사람이든 조직이든 이데올로기든 늘 누군가에, 무엇인가에 몰두해 있었다. 그리고 그 시간은 예외 없이 상처로 남았다. 나는 그 관계를 연애라고 주장했지만, 주변 사람이나 상대방은 그건 연애가 아니라고 했다. 침묵이 두려워 파티를 여는 댈러웨이 부인처럼, 나는 자신과 만나지 않기 위해 연애가 필요했는지 모른다. "나를 도피처 삼아 네 인생은 뒷전이었지." 리처드(에드 해리스 분)가 클라리사(메릴 스트립 분)에게 말한 대로, 나 역시 자신을 위한 삶을 선택할 경우 겪어야 할 너무도 많은 공격들이 두려워 '연애 감정 상태'를 도피처로 삼았는지 모른다.

클라리사가 잊지 못하는 리처드와의 해변 키스는 그녀가 열여덟 살 때 일이다. 그런데 클라리사는 이후 약 30년간을 그 순간의 추억에 의지해 그를 사랑하고 보살핀다. "사랑은 움직이는 거야." 이 말은 사랑에 관해 내가 들어본 말 중 가장 올바른 슬로건이다. '움직임(운동, 변화)'은 사랑의 정치성을 기가 막히게 표현한다. 사랑은 권력 관계이기 때문에, 사랑의 감정은 역사적·문화적 산물이기 때문에 변할 수밖에 없다. 매 순간 변하지 않는 것, 움직이지 않는 감정은 사랑이 아니다. 관계와 감정은 변화하고 발전하고 진화한다. 그리고 퇴화한다. 그래서 나는, 평생 한 사람만을 사랑하는 사람은 아무 발전이 없는 사람이거나 한 사람하고만 치열할 수 있는 불가사의한 사람이라고 생각한다.

인간은 누구나 자신을 변화시킨 사람을 사랑한다. 영원한 사랑 — 일부일처제, 배타적인 낭만적 사랑 — 을 믿고 실천하는 자의 고통은 상대가 자신을 변화시킨 그 순간을 영원한 것으로 만들기 위해, 그 순간을 지속시키기 위해, 흘러가는 시간을 붙잡으려 하기 때문이다. 그것은 불가능한 일이기에 고통은 필연적이다. 조증(躁症) 상태에 있는 사람들이 아니라면, 대개 사랑의 황홀감은 몇 개월 이상 지속되지 않는다. 인생의 매 순간을 혁신하며 '나날이 새롭게(日新又日新)' 사는 사람은 매우 드물기 때문에 영원한 사랑은 이루어지기 어렵다. 중단없는 상호 발전을 통해 관계의 질이 진화하지 않는다면, 그 뒤 시간은 '아주 오래된 연인들'의 권태와 제도를 통한 감정의 구속만이 남을 뿐이다.

사람들이 왜 결혼하겠는가? 결혼은 사랑의 완성이 아니라 사랑의 종말이다. 사랑이 끝나서 자발적으로는 그 감정이 유지되지 않기 때문에 강력한 제도의 힘을 빌리는 거다. 세상에 결혼/가족 제도보다 강력한 제도는 없으며 그 제도를 돌파하는 사람도 드물다.

사랑은 유기체다. 그래서 모든 사랑은 부패한다. 문제는 가부장제 사회에서 여성들에게 변치 않(아야 하)는 사랑의 의미는 무엇인가이다. 〈디 아워스〉는 이 오래된 질문을 성찰적인 남성(감독 혹은 게이인 리처드)의 시선으로 새롭게 던진다. 클라리사는 30년 전 연애의 판타지에 평생 동안 매달린다. 레즈비언 파트너가 있는데도, 아니, 심지어 파트너의 격려와 위로, 노동까지 동원하여 리처드를 돌본다. 이에 대한 리처드의 답변은, "이제 나를 그만 주체로 만들고 네가 주체가 되어라." 라고 말하며, 사랑의 대상이 되어줌으로써 '그녀를 위해' 살았던 생을 마감한다. 그녀 눈앞에서 실행한 그의 자살은 그녀에 대한 복수이다.

이제까지 여성을 시간 속에 가두고, 순간에 정박시킨 것은 가부장제였다. 현실에서 사랑은 움직이지만, 여성에게 '주입된' 사랑 이데올로기는 여전히 '사랑은 영원하다'는 것이다. '아무것도 하지 말고, 너 자신과 만나지 말고, 한 남자를 기다

리고 그리워하다 돌이 되어라!'

몇 년 전 나는, 오랫동안 몰두해 온 어떤 관계의 상실을 인정해야만 했다. 물 밖으로 내던져진 물고기처럼 숨이 가빠 끊어질 것 같았고 매일 밤 흐르는 눈물로 귀에 물이 찼다. 그 누구의 위로도 도움이 되지 않을 때 한 친구가 이렇게 말해주었다. "다른 세상으로 갈 수 있어." 이 말이 나를 살렸다. 지금의 나는, 나의 일부분일 뿐이다. 현재 나의 감정, 고통, 기쁨, 슬픔, 지식, 업적…… 이 모든 것들은 곧 과거의 것이 된다. 그리고 과거는 돌아오지도 않고 반복되지도 않는다. "어제를 잊자."

고통이 고통스러운 것은 그것이 계속된다고 믿기 때문이다. 인생에서 그 어떤 것도 계속되는 것은 없다. 모든 것은 변한다. 인생무상이라는 말은 인생이 허무하다는 뜻이 아니다. 인생에는 상(常)의 상태가 없다는 것, 즉 삶은 끊임없이 변화한다는 의미이다. 그것을 어찌 붙잡을 수 있겠는가.

살아 있는 한, 정치적으로 발전하는 한, 새로운 세계를 만나는 한, 인간은 언제나 사랑을 한다. 다만 그 대상이 바뀔 뿐이다. 삶은 곧 움직임(movement)이고, 움직임은 변화하는 순간(moment)들의 분절적인 연속이다. 고로 영원한 사랑도 안전한 삶도 없다. 타인의 손을 잡는 것이 내 영혼에 사슬을 감는 행위여서는 안 된다. 키스는 사랑의 계약이 아니며, 애인이 주는 선물은 언약의 징표가 아니다.

스티븐 돌드리, 2003, 미국

메릴 스트립의 노래,
아바의 노래

맘마 미아!

얼마 전 집에서 가까운 예술극장에 갔다. 고레에다 히로카즈 감독의 〈세 번째 살인〉을 기다리고 있는데, 늦은 밤 좁은 극장 안에 사람들이 줄을 서 있었다. 익숙한 얼굴이 보였다. 배우 기주봉 씨였다. 그가 출연한 영화 〈메리 크리스마스 미스터 모〉가 끝난 모양이었다. 사람들이 사인을 받고 있었다. 나는 '사인보다' 그에게 깊은 경애를 표현하고 싶었지만, 그게 더 유치한 것 같고 당연히 용기도 없었다.

  기주봉 씨는 영화에서 본 그대로였다. 다만 더 잘생기고 기품 있고 멋있었다. 나도 모르게 로맨틱해졌다(?). 정말, 배우 같았다. '분위기가 있다'는 표현이 딱 그런 거였다. 배우란 '무엇'일까. '누구일까'라고 쓰지 않는 이유는 그들의 몸이 살아 있는 예술이기 때문이다. 나는, 아주 조금은 나 자신에 대해 안다. 그래서 배우를 감히 단 한 번도 동경해본 적이 없다. 세상에는 절대로 안 되는 일이 있는 법이다. 그들은 다른 사람들이다.

여성들 간에는 차이가 있다. 여성들은 다 다르다. 그러나 나는 메릴 스트립이 많은 여성들에게 인생의 롤모델이 될 만하다고 생각한다. 무슨 말을 더 보태리. 지적인 이미지가 강한 배우지만 그가 젊은 날 출연했던 〈디어 헌터〉(1978년), 〈크레이머 대 크레이머〉(1979년), 〈소피의 선택〉(1982년)을 보면 메릴 스트립은 '미모의 배우'다.

메릴 스트립은 다양한 영화와 드라마, 연극에 출연했지만 나는 주로 그녀의 '로맨스' 영화들을 좋아한다. 물론, 간단한 로맨스는 별로 없다. 로버트 드 니로와 〈폴링 인 러브〉, 로버트 레드포드와 〈아웃 오브 아프리카〉, 클린트 이스트우드와 〈매디슨 카운티의 다리〉……. 특히 〈폴링 인 러브〉의 기차 장면, 〈아웃 오브 아프리카〉의 모차르트……. 사실 나 같은 '오타쿠'에게 영화는 이런 이야기들만으로도 충분하다. 생계 걱정 없이 혼자, 혼자 본 영화를, 혼자 생각하면서 가슴 뛰다가 시간을 보낼 수 있다면, 완벽한 인생이다.

영화 〈맘마 미아!〉는 원작인 뮤지컬을 훼손했다는 비판을 받았다. 두 작품을 다 본 친구들에 의하면, 영화가 뮤지컬에 등장하는 '퀴어'를 삭제했다고 한다. 늘 정치적으로 치열하고 올바른 내 친구들은 영화 마지막 즈음 등장한 느닷없는 남녀 짝짓기에 분노했다. 나도 마찬가지다.

메릴 스트립의 딸 역할인 아만다 사이프리드는 이 영화보다 앞선 시기에 CSI 시리즈에 살인 용의자로 나왔는데 감쪽같이 다른 사람이었다. 어쨌든 그녀가 결혼하지 않은 마지막 장면이 최고다. 결혼으로 끝나는 영화는 질색이다.

나는 이 영화를 멀티플렉스에서 여러 번 보았다. 그 여러 번 모두 영화를 보기 직전에 있었던 장소는, 도서관이었다. 지긋지긋한 좌절, 지긋지긋한 열패감, 지긋지긋한 인생……. 내게 공부(언어)가 무슨 의미란 말인가. 하루 종일 공기가 통하지 않는 퀴퀴하고 썰렁한 도서관 서고에 혼자 앉아 있는 사십 넘은 여자의 현실과 〈맘마 미아!〉의 해변과 햇빛을 생각해보라.

그때가 2008년. 모든 것이 서러웠고 머리가 돌아버릴 것 같았다. 엄마는 병원에 계시고, 아버지는 내게 반찬 타령을 하셨다. 나를 도와주는 사람은 아무도 없었다. 공부는 끝이 보이지 않았고 극장 할인 때문에 카드를 신청했으나 직업이 없다는 이유로 발급을 거절당했다. 그때는 영화 내용이 어떻든 간에 극장 자체가 힐링이었다. 당시 자주 갔던 그 영화관도 공기가 퀴퀴하기는 마찬가지였지만.

모든 노래, 모든 장면이 좋지만 메릴 스트립이 아름다운 섬에서 멋진 스카프를 휘날리며 〈The winner takes it all〉을 부를 때는 자세를 고쳐 앉았다. 내 불만은 그녀의 노래를 듣는 상대 배우가 '겨우 피어스 브로스넌'이라는 사실뿐이었다. 왜 드 니로가 아니고 이스트우드가 아니란 말인가!

들어본 사람이면 알겠지만 아바의 노래와 그녀의 노래는 완전히 다르다. 메릴 스트립에 비하면, 아바의 노래는 (미안한 표현이지만) 거의 행진곡? 혹은 80년대 디스코장 분위기다. 내 비교가 너무 천박한데, 더 심하게 말할 수도 있다. 메릴 스트립의 노래를 들은 이들은 아바의 노래를 들을 수 없을 것이다. 노래는 음악이 아니라 절정의 연기 같은 거였다. 가수 김태원 씨의 말대로, 가수는 노래라는 가사를 연기하는 배우인 것이다.

나는 "우리나라에서 분야를 불문하고 누가 글을 가장 잘 쓴다고 생각하느냐"는 질문을 종종 받는데, 대답은 언제나

"영화 평론가 김혜리 씨"다. 염치없지만 그녀의 언어를 빌리는 것이 낫겠다. "음악성은 이 배우의 특기가 아니라 연기의 연장이다. 영화 속 메릴 스트립의 노래와 율동은 언제나 퍼포먼스라기보다 액팅에 가깝다. 즉, 노래 한 곡을 남부럽지 않게 흡족하게 공연하는 것이 목표가 아니라, 대사나 표정 연기와 같은 맥락에서 노래의 매너와 감정을 통해 인물의 퍼스낼리티를 표현한다는 의미다. 가무에 능한 많은 배우 가운데에서도 메릴 스트립에게 유독 돋보이는 이 속성은 어디서 오는 걸까? 예전 인터뷰에서 스트립이 밝힌 음악을 듣는 방식이 힌트가 될 법하다. 어린 시절부터 메릴 스트립은 노래 자체보다 가수의 들숨과 날숨, 거기 실린 감정에 귀 기울이는 습성이 있었다고 한다. 달리 표현하면 음악 너머 노래하는 인간의 상태가 주된 관심사라는 의미다."(〈씨네21〉 1070호) 그녀의 의견이 그대로 반영된 장면이 〈The winner takes it all〉 5분이다. 아래는 나의 자의적인 번역이다.

The winner takes it all

I don't wanna talk

About things we've gone through

Though it's hurting me

Now it's history

I've played all my cards

And that's what you've done too

Nothing more to say

No more ace to play

The winner takes it all

The loser standing small

Beside the victory

That's her destiny

루저의 노래

지나간 이야기는 더 하고 싶지 않아요

나에겐 아픔이었지만 이젠 과거니까요

난 최선을 다했고

그건 당신도 마찬가지 아닌가요

더 할 말도 없고

별다른 생각도 없어요

이제 다 당신 거잖아

나는 초라해서 미칠 것 같고
이게 운명이면 어떡하지…….

　뒤에 한참 가사가 더 있지만, 그만 써야겠다. 갈수록 가관
이다. "당신이 악수하러 온 것을 안다"가 있고, 더 비참한 이
야기도 있다. "그녀와 키스가 어땠냐"느니, "아직도 당신을 사
랑한다"느니, "미안하다"느니, 여성이 매달리니까 더 짜증스
럽다. 물론 메릴 스트립의 노래는 가사의 사연처럼 처량하게
들리지 않는다. 그저 당당하고 아름다울 뿐이다.

　이 노래의 제목은 직역하면 '승자 독식'이다. 누가 승자인
가. '그'인가, 그에게 사랑받는 '그녀'인가. 이 노래는 메타포
이면서 직접적이다. 특이한 경우다. 인생의 모든 면에 해당하
겠지만 그나마 위로는 승자 독식이 그리 오래가지 않는다는
사실이다. 물론 승자들끼리의 교체일 뿐이겠지만.

　그래도 품위 있는 인생이고 싶다. 떠나고자 악수하러 온
옛 연인에게 어떤 모습을 보여주어야 할까. 패자는 승자에게
어떤 모습을 보여주어야 할까. 매일매일 패배하는 나는.

필리다 로이드, 2008, 미국

사랑하는 이를
떠나보낼 때

샤도우랜드

사랑하는 사람의 죽음. 나는 애인이나 배우자가 세상을 떠난 후의 삶이 어떤지 모른다. 사람마다 다르겠지. 하지만 사랑하는 사람이 사회적 제도(가족)를 떠나 친밀했고, 의지했고, 많은 대화를 나누었고, 정치적 동지였던 모든 사랑하는 이들을 의미한다면, 나도 할 말이 있다.

프랑스 작가 다니엘 페나크의 장편 소설 《몸의 일기》에는 작가의 첫 상실 경험이 나온다. 어머니에게 버림받았다고 느꼈던 소년에게 '엄마 역할'을 해준 사람은 집안일을 돌봐주었던 부지런하고 다정한 비올레트 아줌마였다. 주인공은 아줌마의 "날개 아래서" 자랄 수 있었다. 열네 살 때 아줌마가 돌아가셨다. 작가는 이렇게 썼다. "비올레트 아줌마가 죽었다. 아줌마가 죽었다. 아줌마가 죽었다. 아줌마가 죽었다…… 이젠 끝났다." 내가 옮겨 적은 "……" 사이에는 "아줌마가 죽었다."라는 말이 두 페이지에 걸쳐 총 148번 나온다(75~76쪽). 나는 네 번 세었다. 죽음을 인정할 수 없다는 뜻이다. 세상이, 내 인생이, 끝났다는 느낌. 경험해본 이들은 알 것이다.

나도 엄마가 돌아가셨을 때 여러 번 썼다. 그 반대로. 지금도 쓰고 있다. "엄마는 안 죽었어." 그가 정상일까, 내가 정상일까……. 둘 다 마찬가지다. 사랑하는 사람의 죽음에 대응하는 방식, "죽었어……"와 "죽을 리가 없어……"는 같은 의미다. 슬픔이든 부정이든, 문제는 그것을 반복한다는 데 있다. 죽음이라는 현실을 떠나지 못하고, 사실 여부를 반복해서 묻는다.

삼라만상에 유일한 진리는 인간(생명체)의 죽음밖에 없다. 누구나 죽는다. 그리고 고통은 사랑하는 이가 먼저 떠났을 때 찾아온다. 배우로도 유명한 리처드 애튼버러 감독의 〈샤도우랜드(Shadowlands)〉는 영국의 작가이자 신학자 C. S. 루이스의 실화가 바탕이다. 유명 작가지만 내가 좋아하는 유형은 아니어서 그런지 이 영화에서는 루이스 역의 앤서니 홉킨스가 실제 루이스보다 멋져 보인다. 젊은 시절의 〈사관과 신사〉를 넘어선 데브라 윙거는 말할 것도 없다. 스크린의 풍광은 고상하고 아름다우며 분위기는 차분하다. 그 차분함이 사랑하는 이를 가슴에 담은 채 조용히 흘리는 눈물, 그러나 격렬한 오열을 배가한다.

1952년, 옥스퍼드 대학의 영문학 교수인 잭 루이스는 시인인 미국 여성 조이 그레셤을 만난다. 호감을 품고 주저하고 그리워하다가 다시 만나 결혼한다. 그러나 그레셤은 골수암 선고를 받는다. 그녀에게는 전남편 사이에서 낳은 여덟 살 아들도 있다. 아이는 엄마의 죽음 이후 자신의 운명을 아는 듯하다. 루이스와 조이는 깊은 사랑에 빠졌으나 시간이 얼마 남지 않았다. 누가 먼저 말했을까. 서로를 위로하는 명대사가 나온다. "지금 고통은 그때 행복의 일부이다.(The pain now is part of the happiness then.)" 이전의 행복을 생각하자는 것이다.

엄마가 돌아가셨을 때 나도 비슷한 이야기를 많이 들었다. 엄마랑 즐거웠던 시간을 떠올려라. 고인이 행복했던 시절을 생각하렴……. 나는 여기서 무너졌다. 지금까지도 이 질문을 놓지 않고 있다. 엄마는 언제 행복했을까, 엄마랑 함께 보낸 시간이 얼마였는가(매우 짧다), 그 짧은 시간에 엄마와 나는 즐거웠

던가. 아무리 생각해도, 골백번을 돌이켜봐도, 모든 기억을 동원해도, 다른 식구들에게 물어봐도 엄마는 행복한 적이 없었다. 엄마와 함께한 나의 시간도 대부분은 고통스러웠다. 그러므로 내겐 "지금 고통"이 "그때 행복"과 교환되지 않는다.

나는 이 영화에서 위로받지 못했고, 상실감은 두 배가 되었다. 상실에서 벗어날 길이 없다. 나는 엄마가 없다. 나는 이제 엄마가 없다. 내게 엄마가 없다는 사실은 내가 '고아'나 마찬가지이며, 남성 중심 사회에서 누구의 보호도 받지 못하는, 추방 대기 상태의 철저한 외톨이라는 것을 의미한다.

고통 중독자이자 활자 중독자인 나는 엄마의 죽음 이후 죽음과 관련된 수많은 책을 읽었다. 한 시간에 15만 원짜리 심리 상담도 받았지만, 아무 도움도 되지 않았다. 엄마는 루게릭병(근육의 특정 부분이 마비되는 병, 근위축성측삭경화증)으로 혀와 식도가 마비되어 8개월간 굶다가 아사했다. 그 과정은 엄마에게나 내게나 끔찍한 시간이었다. 엄마도 나도 엄마가 빨리 죽기만 바랐다. 그런데 그 상담자는 내게 미치 앨봄의 《모리와 함께한 화요일》을 읽으라고 했다. 나는 소리를 질렀다. "이제까지 제 이야기를 들으셨습니까? 들으셨어요? 들으셨잖아요? 그런데, 이런 책을 나더러 읽으라고요? 당신도 안 읽었지!" 그렇게 상황 파악 안 되고 공감 능력도 없으며 인권 의식이 없는 사람이 무슨 상담가라고. 모리 교수와 우리 엄마의 공통점은 루게릭이라는 병명뿐이다. 상황은 천지차이인데⋯⋯.

엘리자베스 퀴블러 로스는 《상실 수업》과 《인생 수업》으로 한국에 알려졌지만, 실은 1970년대부터 번역된 작가였다. 로스는 의사이자 호스피스 전문가로 알려져 있지만 전쟁과 국가 안보 전문가이자 죽음을 고민한 심오한 철학자였다. 나는 책을 읽으며 상실이 인생의 가장 큰 스승이라느니, 가장 큰 인생 수업이라느니 그런 말이 괴로웠다. 상실을 통해 공부하라고? 내가 원하는 것, 혹은 영화 속의 루이스가 원했던 것은 상실을 통한 공부가 아니다. 내가 원하는 것은 엄마를 만나는 것이다. 인생 공부를 위해 상실을 경험해보고 싶은 사람이 어디 있겠는가. 물론 나도 이런 말들이 상실 이후를 위한 말이라는 것을 안다. 하지만 나는 그저 고통에서 벗어날 수 있는, 단 한 마디가 필요했다.

탈북 문제를 다룬 〈크로싱〉(김태균 감독, 2008년)이라는 영화가 있다. 미국 아카데미 외국어작품상에 한국 대표작으로 출품되기도 했다. 많은 평론가들이 이 영화를 반공 영화라고 비판했지만 나는 그렇게 생각하지 않는다. 국경에 관한 영화이기도 하고, 고통스러운 시간에 대한 영화이기도 하다. 에피소드처럼 지나가는 한 장면에 나는 크게 공감했다. 탈북 도중 아이를 잃은 어머니가 중국 공안을 일부러 자극해서 사살당하는 장면이다. 그녀는 몇 분도 삶을 참을 수 없었던 것이다.

"당신이 살아가면서 무언가 잃어 갈 것들에 대해 정녕 두려운가? 하지만 우리 삶은 끊임없이 무엇인가를 잃어 가는 반복 속에, 결국 완성되는 것이다. 그러니 상실이란 '모두 끝났다'는 의미가 아니라 '아직도 계속되고 있다'는 증거가 된다." 로스의 말인데, 나는 무슨 뜻인지 모르겠다. 내게 상실은 끝난 것도 아니고 계속되는 삶도 아닌, 모든 것이 멈춘 상태다. 오도 가도 못하고 아무것도 할 수 없는 상태다. 엄마가 보고 싶어서 현실을 살지 못한다.

하지만 그녀의 다른 말은 내게 조금 닿았다. 나는 이 말을 붙들려고 필사적으로 노력하고 있다. "사랑을 위해 사랑할 권리를 내려놓으라." 권리를 포기하고 나니 상실감 대신 엄마를 만날 날이 기다려졌다. 그 시간까지가 인생이다.

리처드 애튼버러, 1993, 영국

사랑한다면,
'배용준'처럼

외출

아시아와 탈식민주의를 주제로 한 어느 세미나에서 어떤 남성이 드라마 〈겨울연가〉에 대해 내가 쓴 글을 읽었다며, "페미니스트가 배용준을 좋아하다니 의외"라고 말했다. 그러면서 자기는 이영애를 좋아한다는 것이다. 나는 어처구니가 없어서 "여성이 배용준을 좋아하는 것과 남성이 이영애를 좋아하는 것이 어떻게 같은 맥락일 수 있느냐."고 물었다. 그는 내 말을 알아듣지 못한 듯했다.(물론, 여기서 '배용준'과 '이영애'는 특정한 개인이 아니라 대중이 소비하는 그들의 이미지를 말한다.)

가부장제 사회에서 '보통' 남자들이 좋아하는 여성은, 세상 물정에 무지한 순진무구한 여성이다. 적당히 지적이지만 남성의 언어에 도전하지 않고, 거칠고 험악한 노동 시장에 진출할 필요나 의지가 없으며, 남자에게 부담 주지 않을 만큼만 의존적인, 깨끗한 손톱과 하얀 피부를 가진 여자. 한강이 내려다보이는 아파트에서 최고급 가전제품을 사용하면서 행복하다고 말할 수 있는 여성은, (모든 남자가 '가질 수 없기에') 남성의 계급을 증명한다. 바로 광고와 드라마에서 '이영애'가 재현하는 이미지다.

'이영애'는 성 역할 고정 관념과 이에 기초한 계급 제도를 강화하는 전형적 이미지지만, 배용준, 아니 〈겨울연가〉의 강준상은 남성 젠더를 파괴하는 전복적인 캐릭터이다. 그래서 '이영애'를 좋아하는 남성은 비난받지 않지만, '배용준'을 좋아하는 여성은(대표적으로 일본의 중년 여성들) '아줌마가 주책', '외로운 여자들의 현실 도피', '신데렐라 드라마에 취한 골 빈 여자들'로 지탄의 대상이 된다.

남자의 삶에서 여자와 소통하기 위해 자아를 조절하는 기간은 연애할 때 몇 개월이 유일하다(여성들은 거의 평생을 남성을 위해 자신을 조절한다). 〈겨울연가〉의 강준상은 이 법칙을 깬다. 준상은 드라마가 방송된 20회 내내 여성을 이해하기 위해 자신을 버리며, 여성으로 인해 행복해하고 아파한다. 이제까지 여성들만 해 왔던 관계 유지에 필요한 노동을 기꺼이 분담하고 여성과 대화할 능력이 있는 새로운 남성이다! 이를테면, 여성들에게 강준상은, 스스로 노동자가 된 자본가, 흑인 노예가 된 백인인 것이다. 2차 대전 이후 '회사 인간'(일본의 사회학자 오사와 마리가 쓴 《회사 인간 사회의 성》이라는 책이 있다)만을 겪어 온 일본 여성들은 말한다. "일본 드라마에서는 남자의 눈물을 본 적이 없어요."

그간 일본 남성들은 섹스 관광을 하러 국경을 넘었지만, 일본 여성들은 극중 준상의 집을 방문하고, 춘천에 미군 기지가 많다는 사실에 놀라워하며, 아시아와 한국을 구체적으로 경험한다. 준상에 대한 아시아 여성들의 열광적인 사랑은, 호르크하이머와 아도르노가 주창한 '문화 제국주의' 개념으로는 설명할 수 없는 현상이다. 한국의 진보 진영의 한류에 대한 이중 감정도 마찬가지다. 한국보다 잘사는 일본에서의 〈겨울연가〉 열풍은 일견 통쾌한 일이지만, 베트남의 인기는 문화를 앞세운 경제 침략 같아 왠지 불편하다. 그러나 '문화 침략'이라는 고정 관념은 글로벌 수용자를 국민국가로 환원하는 것이다. 지구화 시대 초국적(trans-national)으로 소비되는 글로벌 드라마는 국민과 국가가 일치하지 않는 곳에서도 국가를 만든다.

〈겨울연가〉는 드라마 수용에서 국민보다 젠더 범주가 더 강력함을 보여준 사례다. 일본 여성들은 〈겨울연가〉를 보는 동안 자신을 '일본인'보다는 '여성'으로 정체화한다. 이때 이들의 국가는 일본이나 한국이 아니라 '욘사마 나라'이다.

제작자의 의도가 모두에게 일관적으로 관철되는 드라마는 없다. 성별, 나이, 지역, 계급, 성 정체성(동성애자냐 이성애자냐) 같은 수용자의 사회적 위치에 따라 텍스트는 다르게 수용된다. 즉, 아시아 각국에서 한류의 효과는 동일하지 않으며, 한 국가 안에서 한류의 영향력 역시 계층이나 성별에 따라 다르다.

배용준이 '바람둥이'로 나온 영화, 〈스캔들-조선남녀상열지사〉는 일본에서 흥행에 실패했다. 게다가 많은 일본 여성들이 〈스캔들〉에 큰 상처를 받았다. 여성들이 사랑하는 남자는 '배용준'이 아니라 '강준상'인 것이다. '배용준 한류'는 사랑을 둘러싼 남녀 간의 권력 관계와 젠더 정치학의 지형 위에서 작동했음을 인정해야 할 것 같다.

'배우 배용준'의 입장에서는 〈겨울연가〉와 〈외출〉의 이미지가 연동되는 것이 억울하겠지만, 어차피 〈외출〉은 〈겨울연가〉에서 완전히 자유로울 수 없는 운명이다. 〈외출〉의 여주인 공 서영은 전업주부인데, 남자는 "참 어려운 일을 하시네요." 라고 말한다. 이런 대사도 있다. "일하는 여자가 매력 있죠?" (서영) "아니요, 꼭 그렇지도 않아요."(인수) 여성들에게 '위로' 가 될 만한 장면이다. '배용준'은 여성을 사랑하고 존중하는 따뜻한 남자이며, 또 그래야만 하는 것이다.

사랑만큼 많이 추구되면서도, 가장 고찰되지 않은 인간 행동도 없을 것이다. 공적 영역에서 성 평등에 동의하는 남성 도, 여전히 사랑은 '여성 문제'라고 생각한다. 사랑이 아니라 권력이 시대의 질서인 탓에, 아무도 사랑을 알 수 없다. 그래 서 허진호 감독의 존재는 특별하다. 사랑의 진화와 소멸, 그리 고 이 폭풍우를 통과하는 인간의 모습을 그만큼 되돌아보고 생각하는 작가도 드물다. 그가 만든 〈외출〉은 〈겨울연가〉의 주제인 남성의 사적 영역으로의 진출과 감정 노동 참여를 넘 어, 상처에 휘둘리지 않고 성장하며 사랑의 새로운 양식을 만 들어 가는 성숙한 사람들의 이야기다.

'요즘 젊은이들이 사랑을 쉽게 생각해서 쉽게 헤어지는 것'이 아니다. 오히려 사랑을 너무 대단하게 생각하기 때문에, 지금 이 사람하고는 '내가 꿈꾸는 사랑을 할 수 없어서' 헤어진다. 대개 사람들은 구체적인 상대를 사랑하는 것이 아니라 사랑이라는 감정 상태를 사랑한다. 혼외 사랑이라고 해서 완전히 제도 밖의 사랑은 아니다. 사랑의 각본, 절차, 매뉴얼, 다짐, 약속, 만남과 헤어짐의 의례 같은 것이 존재한다면 이는 결국 모두 제도화된 관계다. 〈외출〉은 '불륜'을 다루지만 그것은 사랑의 형식일 뿐이고, 이 영화는 모든 사랑의 매뉴얼을 비판적으로 본다.

제목 '외출'은 '집'의 존재를 가정하기 때문에 '혼외 담론'의 그림자가 있어서, '외출'보다는 영어와 일어 제목인 '4월의 눈(April Snow)'이 영화의 철학을 더 잘 드러낸다고 생각한다. 4월에, 눈은 내릴 수도 있고 안 내릴 수도 있다. 법칙 없는 사랑, 시작도 끝도 정하지 않는 관계, 그릇이 없어 크기를 알 수 없는 사랑. 허진호는 감히, 이런 관계를 꿈꾼다. 부부건 애인이건, '정상'이건 '불륜'이건 관습화된 관계를 거부하고, 서로 성장하면서 외롭거나 일상이 지겨울 때 가끔 찾을 수 있는 '즐거운 외출'. 그러나 만남의 순간에는 최선을 다하는 사랑.

〈외출〉에서 내가 가장 좋아하는 부분은 서로 상처받는 장면이다. 관습의 권력을 보여줄 뿐인데, 당사자들에게는 그게 그렇게 상처가 된다. 경험한 이들은 알 것이다. 낯선 도시에

서 배우자들의 교통사고 소식을 듣고 달려온 인수(배용준 분)
와 서영(손예진 분)은, 각자의 아내와 남편이 사랑하는 사이였
음을 알게 되지만, 이들 역시 사랑에 빠진다. 같은 여관에 장
기 투숙하고 같은 병원 중환자실에서 배우자를 돌보며, 고통
과 혼란 속에서 사랑을 나눈다. 그러다 아내가 깨어나자 인수
는 아내에게 미음을 먹이는데, 그 장면을 서영이 본다. 쓸쓸한
서영은 남편의 침대에 머리를 묻고 잠이 드는데, 그 장면을 인
수가 본다.

이후 두 사람은 현실을 인정하며 멀어진다. 아무리 별난
개인들의 사랑이라 해도, 대개 사랑은 앞서간 이들이 해 왔던
행위의 인용과 재인용의 이어짐이다. 사랑해서 미음을 먹여주
는 것도 아니고, 사랑해서 배우자의 침대 곁에 잠드는 것도 아
니건만, 이런 행위를 자유롭게 할 수 없는 연인에게는 그/녀
와의 모든 역사를 무(無)로 돌리는 대단한 행위로 보이고 깊은
상처가 된다. 제도가 보장하는 관계 앞에서, '너'의 넘치는 매
력과 '나'의 절절하고 순정한 의지는 초라하기 그지없다. 인간
은 그렇게 제도 앞에 무력한 존재다.

그리고 마지막 장면. 관계라는 생물의 죽음과 생존의
모호한 시간이 지나고, 봄날 폭설이 내리자 두 사람은 "어

디로 갈까요?"라며 다시 만난다. 영화는 말한다. 들어왔거
든 들어온 문은 잊어라. 관계의 향방이 사랑을 구속하지 않
게 하라.

허진호, 2005, 한국

마지막
장면

문라이트

마지막 장면이 모든 것을 말하는 영화가 있다. 내겐 파스칼 로지에 감독의 프랑스 영화 〈마터스 : 천국을 보는 눈〉 (2008년)이 그랬다. 알 수 없는 이야기가 전개되다가 마지막에 주제가 드러난다. 아무 설명 없이 주인공이 반복적으로, 기이한 방식으로 고문당하는 것이 내용의 전부다. 관객도 관람이 고문이다. 마지막 장면에서 주제가 밝혀지기 때문에 끝까지 보지 않으면 이 영화는 안 본 것이나 다름없다.

물론, 관객마다 마지막에 대한 해석이 다를 수 있다. 마지막 장면의 의미가 명백한 영화, 여운을 남기는 영화, 해석이 분분한 영화가 있다. 요즘은 대놓고 속편(시리즈)을 광고하는 경우도 많다.

많은 평자들이 지적했듯이 〈문라이트(Moonlight)〉를 "가난한 흑인 게이 소년(알렉스 히버트 분)의 성장담"이라고 요약하는 것은 폭력이다. 백인이 나오면 '영화'고, 흑인이 나오면 '흑인 영화'인가. 이 영화는 장면, 음악, 연기가 주인공인 작품이다. 나는 이 영화에서 중고(?) 자동차가 먼지를 일으키며 시골길을 달릴 때 나오는 음악 〈꾸꾸루꾸꾸 팔로마(Cucurrucucu Paloma)〉가 페드로 알모도바르의 〈그녀에게〉에 나온 것보다 훨씬 잘 어울린다고 생각한다.

영화의 전반적 색채는 인디고블루와 검은색 사이에 있다. 흑백? 흰색도 흑색도 완벽하지 않다. 명도와 채도가 다르다. 흑인도, 백인도 완전한 흑백의 피부색이 아니다. 이 영화의 검은색은 (포스터 문구처럼) 달빛 아래서 푸르게 보인다. 방황하는 소년(주인공)을 돌보고 밥을 챙겨주는 흑인 커뮤니티의 여성. 그들의 식사 장면도 내겐 짙은 푸른색으로 보였다.

하지만 '흑인 영화'임을 의식하는 것이 정치적, 윤리적으로 올바르지 않다고 해도, 인종 정체성이 배경의 하나임은 부인할 수 없다. 나도 다른 관객들처럼 흑인이 나오는 영화 중에서 농구, 랩, 총, 교도소가 안(덜) 나오는 영화는 이 작품이 처음이다. 나는 흑인 영화에 나오는 노래가 싫다. 흑인 영가도 진부하다. 그들의 노래는 언제나 시끄럽거나 성가대 풍이어야 하는가? 그런 점에서 〈문라이트〉는 미국의 '흑인주의' 감독 스파이크 리 이후 흑인 영화의 분수령일지도 모른다.

현실은 이렇다. 미국 흑인 남성 인구는 전체 인구의 6.5% 지만, 그들은 교도소 수감자의 40.2%를 차지하고 있다. 타네하시 코츠의 《세상과 나 사이―흑인 아버지가 아들에게 보내는 편지》를 보면, 미국에서 흑인 남성의 인생은 열일곱 살에 결정된다. 마약을 하거나 교도소에 가거나 총에 맞아 죽거나 학교에서 살아남거나…….

그래서 〈문라이트〉는 약자에 대한 동일시 없이는 감상하기 힘들다. '흑인의 심정'을 이해하지 못한다면, 모든 장면이 아름다운 이 영화를 온전히 몸에 담을 수 없다. 〈문라이트〉의 아름다움은 자신의 존재(흑인이며 게이)를 존중하고 지켜내면서도 부드럽고 연약한 마음을 간직한 인물들에 있다. 내가 여성으로, 혹은 흑인으로 태어나기를 선택한 사람은 없다. 그런데 왜 나는 '그렇게 태어나서' 내게 적대적인 세상을 살아가야 하는가.

다시, 마지막 장면 이야기. 그 장면을 상기할 때마다 그저 떨리기만 한다. 상대방에 대한 환상이 아니라 "그가 나를 살게 했다"는 신뢰와 안전한 느낌, 그리움으로 인생을 견뎌 온 주인공이 드디어 사랑하는 사람을 만난다. 별거 중인 그가 운영하는 식당은 문 닫기 직전이다. 시간은 없고 상대의 마음도 확신할 수 없다.

두 사람은 어떻게 될 것인가. 먼 곳에서 온 주인공은 오늘 밤 어디로 갈까, 어디서 잘까, 온 길을 되돌아갈까. 내 심장은 두근거렸다. 식당 테이블에 마주 앉은 두 사람의 간격은 50cm쯤 될 것이다. 어색한 대화와 긴장…… 상대의 말 한마디, 몸짓 하나하나가 상처가 되고 불안하다. 영화는 두 사람이 손을 잡으며 웅크린 듯 포옹하는 모습으로 끝난다. 그렇게 부자연스런 자세도 처음 본다.

나는 이 영화를 나랑 비슷한 라이프스타일의 여성과 함께 보았다. 평소 나답지 않게 그녀와 나란히 앉아서 봤다. 극장을 나오면서 우리는 동시에 말했다. "사랑이 안 이루어졌네."

다음날 친구들에게 이야기했더니 너무나 놀라면서 "무슨 소리야? 해피 엔딩이잖아. 둘이 함께 사는 걸로 끝났잖아."라고 말하는 것이 아닌가. "도대체 뭘 본 거냐, 어떻게 반대로 보냐.('바보' 아냐?) 역시 (연애) 루저들은 비관적이야." 등 끝없는 야유가 쏟아졌다. 심지어 주인공들이 키스까지 했다는 것이다. 나는 전혀 기억이 없다. 그런 장면은 없었는데?

아, 이상하다. 같이 본 그녀와는 생각이 같았는데…….
그녀와 나는 공통점이 있다. 겉으로는 무성애자라느니, 동성이든 이성이든 성적 교환의 불공정성에 분노한다느니, 시간이 없다느니 하지만, 실은 둘 다 자기 중심적이고 성취 지향적이어서 '사랑보다 공부'가 더 실속이 있음을 아는, 관계 무능력자다. 연애 경험도 없고, 연애를 해도 견디지 못할 유형이다.

타인과 함께하는 시간이 지루하고 아까운 유형과 파트너와의 관계가 좋은 사람들이 영화를 보는 시각은 다를 수밖에 없다. 나는 내내 애달프고 쓰라리고 슬펐는데, 내 친구들은 마이애미의 해변처럼 행복하고 밝은 영화라고 했다. 그리고 결국 마지막 장면에서 완전히 다른 결론이 났다.

새삼스러울 것 없는 얘기지만, 우리가 본 영화는 우리의 인생과 붙어 있다. 몸으로 영화를 본다. 영화의 내용은 감독의 '연출 의도'가 아니라 관객의 세계관에 달려 있다. 누구나 자기의 삶만큼 보는 것이다.

사족 – 아무리 생각하고, 또 생각해도 〈문라이트〉의 마지막 장면은 객관적으로 명백한 이별이다.

배리 젱킨스, 2016, 미국

2

상
처
가

아
무
는

시
간

지옥에서
탈출하는 법

릴 리 슈 슈 의 모 든 것

이 영화를 보기 전에 친구가 말했다. "언니, 각오하셔야 해요. (손을 가슴에 대고) 여기가 막 아프거든요." 몸살을 앓거나 머리가 아픈 영화가 있는데, 이 영화는 정말 심장 부근이 아팠다. 나만 그런지 모르겠지만, 〈릴리 슈슈의 모든 것〉에 대해 글을 쓰는 사람은 자신의 무능함과 먼저 싸워야 할 것이다. 내용도 내용이지만, '활자'는 이 '영상'의 상대가 되지 않는다.

나는 원래 청소년 이야기에 관심이 없는 편이다. 그런데 이 영화 속, 열다섯 즈음의 소년 소녀들의 이야기는 달랐다. 이 영화는 세대와 성별, 국적을 떠나 강력한 공감을 불러일으키는 힘이 있다. 이른바 '미학적 성취'가 분명한 걸작이다. 〈러브레터〉, 〈4월 이야기〉, 〈하나와 앨리스〉의 이와이 슌지는 이렇게 말했다. "나는 〈릴리 슈슈의 모든 것〉이 나의 유작이 되었으면 좋겠다. 반은 농담인데, 만약 재미없는 영화를 찍다가 죽는다면 그게 내 최후의 작품이 될 게 아닌가. 〈러브레터〉가 내 대표작이긴 하지만 〈릴리 슈슈의 모든 것〉은 유작이 되면 좋을, 그런 영화다." 누군가를 우러러본다? 내 인생에 그런 인물은 거의 없었지만, 이와이 슌지는 예외다.

'릴리 슈슈'는 작품 속 주인공들의 영혼의 주인인, 가상의 싱어 송 라이터 이름이다. 〈릴리 슈슈의 모든 것(リリィシュシュのすべて, All About Lily Chou-Chou)〉. 'すべて(스베테)'는 총(総), 전(全), 범(凡)…… 등 전체, 모두, 모조리라는 뜻이다. "모든 것이 끝났어(全てが終わる)."라고 말할 때 어울리는 단어다.

메시지는 중요하다. 하지만 영화의 줄거리를 소개하는 것이 무슨 의미가 있을까 싶다. 제대로 된 비유일지 모르겠지만, 지아 장커 감독의 〈스틸 라이프〉의 줄거리가 파괴된 쓰촨성(省)의 수몰 지구인 산샤(三峽)라는 공간이라면, 이 영화의 줄거리는 영상과 음악이다.

굳이 초라한 내 언어를 보탠다면, 이 영화는 모든 것이 끝난 후에도 살아가야 하는 사람들의 이야기다. 이런 삶이 일상이라면…… 눈물과 음악 외에 무엇으로 시간을 버티겠는가. 하지만 이런 영화가 있기 때문에 삶을 지탱할 수 있다는 역설. 아름다운 영화는 끝난 세상을 살게 한다. 포스터를 보는 순간부터 나는 숨이 막혔다. 영화도 포스터도 갖고 싶었다.

나는 말세를 억지로 지속시키려는, 매사에 열심인 사람들에게 분노한다. 그들은 아무것도 모른다. 끝난 세상의 지옥도를 느끼지 못한다. 그들을 대신해, 세상이 끝난 이후의 모든 고통을 감당해야 하는 이들이 있다. 교실의 아이들은 서로를 이지메하고, 여학생을 골라 윤간한 후 '원조 교제' 시장에 내보낸다. 주인공의 단짝은 '악마'가 되어 학교를 지배하고 현실에서 이지메를 당하는 주인공은 온라인 공간에서 위안을 찾는다.

이 영화를 여러 번 보는 관객이 있고, 그러고 싶지만 그럴 수 없는 관객이 있을 것이다. 후자라면, 영화가 너무 아프기 때문에 혹은 마지막 장면의 '반전'으로 넋을 잃어서일 것이다. 이 영화의 등장인물들은 포스트 휴먼과 휴먼, 그 중간쯤에서 극도의 통증에 시달리고, 관객은 그것을 충분히 느낄 수 있다. 악마의 지시를 받은 남학생들은 더러운 학교 창고 같은 곳에서 같은 반 여학생들을 성폭행할 것을 강요당한다. 이후 소문이 나고, 소녀들은 자포자기 상태에서 변하기 시작한다. 공부를 포기하고 화장을 하고 한껏 '여자'가 되어 간다. 남자 아이들이 시키는 대로, 소녀들은 중학생을 찾는 아저씨들을 찾아 성을 판다. 여자 아이들이 번 돈은 남자 아이들이 거둬 간다. 이들의 '총수'인 악마는 부잣집 아들에 공부를 잘하는 모범생이다. 한국의 교실도 비슷하다. 동료 여학생의 섹스 비디오를 촬영해 배포하고 판매해 돈벌이에 나선 '평범한' 남학생의 범죄인 '빨간 마후라' 사건은 이 영화가 만들어지기 4년 전인, 1997년에 발생했다.

그러던 어느 날, 피해 여학생 중 한 명이 다른 여학생과는 전혀 다른 모습으로 나타난다. 가해자들이 더(?) 놀란다. 그녀는 성폭행을 당한 다음 날, 삭발을 하고 단정한 교복 차림으로 등교해 공부에 매진한다. 아무도 그녀를 건드리지 못한다. 가발을 쓰지 않는 한, 삭발한 채 원조 교제 시장에 나갈 수는 없을 테니까. 이 지옥에서, 여성 특히 10대 소녀들의 가치는 섹스뿐이다. 그러므로 '삭발한 계집애는 필요 없다'. 그녀는 그렇게 그들에게 쓸모없는 여자가 됨으로써 살아남는다.

세상이 망했지만, 망한 사회도 사회다. 그런 사회에서도 사람들은 그 사회가 원하는 주체가 되려고 한다. 그래야 성원권을 얻으니까. 그래서 모든 주체는 종속된(subjected) 주체 (subject)다. 여기에 젠더가 더해지면, 소녀들은 부패한 주체들이 원하는 대상이 됨으로써 주체로 인정받는다.

성폭행을 당하면 인생을 포기하고 그들이 원하는 여자가 되어야 하는가? 고통스럽게도 이 영화의 여학생들은 그 방식을 택한다. 그런데 그 소녀는 삭발이라는 '반여성적인' 외모로 이렇게 선언한다. "너희들이 나를 망치기 위해 아무리 발악을 해도, 나는 너희가 원하는 대로 되지 않아." 이 소녀가 희망을 찾는 방식은 망한 세상의 타자가 되는 것이다. 지금 여기, 학교를 탈출하면 자유로워질 수 있어. 학교를 탈출하려면 공부해야 해. 상급 학교도 공부하는 곳이지만, 역설적으로 소녀는 이 주문만을 외우면서 그 시간을 버틴다. '대학'에 갈 수 있으니까(이 또한 망한 세상의 역설이다).

상처의 크기는 권력의 크기이기도 하다. 상처를 강조하면 상대방의 권력도 커진다. 그 소녀는 상처받지 '않음으로써' 그들의 권력에 저항하고 그들을 비웃는다. "너희들은, 나를 망칠 만큼 대단하지 않아." '우리'는 상처받았음을 강조하는 대신에 저들의 폭력을 폭로해야 한다. '우리'의 상처가 크고 작고는 중요한 문제가 '아니다'. 이것이 중요한 이슈가 되면, 우리는 지배 집단과의 싸움보다 누가 더 큰 상처를 받았는가를 두고 '경쟁'하게 된다. 문제는 '그들'이 사는 메커니즘 자체이고 그들의 잘못이지 '우리의 약함'이 아니다.

가부장제 사회에서 여성은 주체이자 타자이다. 물론 이것은 곡예다. 주체가 되는 방식은, 여성이지만 남성의 규범을 따르는 '주변부 남성'이 됨으로써 가능하다. 타자 되기는 전략적 선택일 수도 있고 낙인일 수도 있다. 하지만 성폭력과 성매매라는 제도에 강제당함으로써 성적 타자로 만들어진 상태에서는, '반(反)여성'이 되어야 한다. 남자들이 원하지 않는 여자가 되어야 한다. 이 영화에서는 삭발, 즉 자원으로서 외모를 버리는 것이다.

나는 평소에 이 영화를 많이 인용하는데, 이 소녀의 이야기만이 내가 〈릴리 슈슈의 모든 것〉에 대해 말할 수 있는 미주(微註)다. 당장의 피해가 눈앞에 어른거려 두려움에 떨고 있는 사람들이 상담해 올 때 나는 이 소녀의 저항 방식을 알려준다. 피해자는 여성의 성 역할이다. 이 소녀는 피해자 역할을 거부했다.

〈릴리 슈슈의 모든 것〉의 한 장면. 여학생 한 명(아오이 유우가 나온다)이 원조 교제 현장에서 손님의 지갑을 훔쳐 달아

난다. 그 돈으로 남자 친구와 여관 근처 식당에서 허겁지겁 음식을 먹다가 손님에게 잡힌다. 나는 속으로 말했다. "돈은 잘 훔쳤어. 그건 분배 정의야. 하지만 멀리 도망갔어야지……."

이와이 순지, 2001, 일본

인간이
위대할 때

타인의 삶

나만의 영화 분류 방식이 있다. 별다른 원칙은 아니고 그냥 주관적 느낌이다. 쓸쓸한 영화, 치열한 영화, 감독이 궁금한 영화, 깊은 영화, 처절한 영화, 기가 막힌 영화, 깨달음을 주는 영화, 저우언라이 같은 영화, 트럼프 같은 영화……. 이런 자의적인 구분 중에서 내가 좋아하는 영화 유형이 있다. 바로 주인공을 사랑하고 존경하게 되는 영화다. 이때 등장인물은 현실이 된다. 인생의 동반자로 나는 그/그녀와 함께 산다.

〈타인의 삶〉의 주제는 다층적이고 복잡하다. 어느 '진보신문'에서, 이 영화의 주제를 "자유의 소중함, 도청과 국가 권력의 문제"라고 쓴 기사를 읽고 한국 사회답다고 생각했다.

아니, 절망스러웠다. 그 시각의 '촌스러움'과 상투성. 이 사회는 구제 불능이라는 생각이 들었다. 이 영화는 '스릴러'로 분류되기도 한다. 도청을 "스릴 있는 흥분"으로 생각하다니. 포르노적 발상이다. 목적에 따라 도청의 의미는 다르다. 도청의 나쁜 이미지는 개인의 자유에 대한 부르주아적 개념에서 나온 것이다. 이 영화에서 도청은 국가를 지키기 위한 전문 노동이다.

주인공 비즐러는 옛 동독 국가보안국(슈타지)의 충성스러운 간부다. 정치적 신념 못지않게 비판 의식도 강하고 호기심이 많으며 공부를 좋아하는 인물이다. 그런 그가 반체제 인사로 지목된 예술가 부부를 감시하는 업무(도청)를 맡으면서, 이제까지 헌신했던 체제와 자기 삶에 대해 총체적인 회의에 빠진다. 그는 감시 대상을 동경한다. 예술의 아름다움, 예술가 커플이 추구하는 이상과 생활 방식을 동경하면서 도청 녹취록보다 그들의 피아노 소리에 빠져든다.

나는 주로 글을 쓸 때 외로움을 느낀다. 생각의 긴장 때문인 것 같다. 다른 외로움도 있다. 도저히 닿을 수 없을 것 같은 타인의 '훌륭함'을 선망하고, 그 갈망이 몸으로 느껴질 때도 외롭다. 한마디로 위대한 인간을 사랑할 때다. 도청 업무를 맡기 전까지 주인공에게는 일이 전부였다. 검소하다 못해 황량한 아파트에서 인스턴트 음식을 먹으며 혼자 산다. 이 영화에서 주인공의 변화는 성 구매로 나타난다. 형식은 성매매지만, 실제는 스킨십 구매다. 나는 이런 성매매 장면을 본 적이 없다. 그는 풍만한 중년 여성의 살결을 탐한다. 여자는 손님이 많아서 바쁘다고 투덜대고, 주인공은 조금만 더 같이 있어 달라고 애원한다. 주인공의 외로움은 그렇게 표현된다.

사랑이나 대의를 위해 희생하는 것은 '쉽다'. 그것은 동일 시이기 때문이다. 하지만 예전엔 적대했으나 지금은 선망하게 된 타인, 나는 다가갈 수 없는 다른 세계에 사는 타인을 위해 희생하는 일은 경험하기 힘든 인간성이다. 한마디로 질투하는 인간을 위해 자신을 희생하는 것이다. 사람은 사상, 사랑, 권력으로 변하지 않는다. 사람은 사람만이 변화시킬 수 있다. 이 작품은 타인의 삶이 나의 삶에 어디까지 개입할 수 있으며, 나는 타인을 위해 얼마만큼의 대가를 지불할 수 있는 인간인가를 질문한다.

비즐러는 자신을 변화시켜준 이들을 위해 스스로 희생한다. 그는 자신이 잘해 왔고 좋아했던 공부, 가르치는 일, 사회주의 이념을 포기하고 예술가를 돕는다. 그리고 우편물 분류와 배달이라는 단순 업무에 종사한다. 진정한 사회주의자에게, 인간은 개별적 자아가 아니다. 좋은 사회를 만들 수 있다면 '나'는 어떤 역할이라도 할 수 있는 것이다. 그것이 우연히 공부일 수도 있고 도청일 수도 있고 우편물을 배달하는 것일 수도 있다. 이 영화는 그 시대를 담았다. 그런 의미에서 〈타인의 삶〉은 인류의 역사적 유산이다. 물론 내가 접하지 못한 수많은 사회주의권 영화에 이런 작품이 또 있을 것이다.

익명의 혁명가. 어떤 지위에 있는가가 중요한 것이 아니라 자신이 사회에 얼마나 도움이 될 수 있는가가 유일한 고민인 사람. 유명(有名, 唯名)이 무슨 소용이란 말인가. 잠시 살다가는데. 그런 면에서 이들은 찰나를 즐길 줄 아는 사람들이고, 사회로부터 자유로운 이들이다.

영화의 마지막 즈음, 모든 직위와 권력을 박탈당한 주인공이 우편물이 든 가방을 들고 거리를 걷는 장면에서 나는 울다가 차분해졌다. 이 영화의 주인공은 내가 가장 사랑하는 사람이다. 현실과 영화 모두에서. 나는 무릎을 꿇었다. 거대한 열패감을 느꼈다. 도저히 어쩔 수 없는 열등감. 나는 죽어도 타인을 위해 내가 좋아하는 것(공부나 언어)을 포기하지 못한다. 차라리 죽을 것이다. 내게도 그처럼, 나를 변화시키고 새로운 언어와 세계를 열어준 스승들이 있다. 나는 지독한 열망과 성실함으로 그들을 능가하겠다고 마음먹는다. 그렇게 나는 승부와 경쟁을 즐기고 '이기는 데' 익숙한 자본주의적 인간이다. 능력이 부족해 페어플레이를 못하는 유형도 내 옆에 두지 않는다. 그런 인간은 '자본주의 정신'에 어긋난다.

이 영화가 '내 인생의 영화'인 이유가 여기에 있다. 혐인증인 나에게 '다른 인간'이 있음을 잊지 않게 해주고, 인간도 아름다울 수 있다는 사실을 증거하기 때문이다. 이 영화는 내가 더 타락하지 않도록 도와주고 격려해준다.

비즐러의 도움으로 생존하게 된 예술가(제바스티안 코흐 분, 〈블랙북〉에서도 멋있었다)는 비즐러를 위해 책을 쓴다. 비즐러는 서점에 전시된 자기 이야기를 펼쳐보고, 카메라는 멀리서 서점을 잡는다. 내 기억이 맞다면, 서점 이름은 'Karl Marx'.

비즐러 역의 배우 울리히 뮈어(Ulrich Mühe, 1953~2007)는 이 영화로 유럽 여러 영화제의 남우주연상을 휩쓸었다. 이 영화가 그의 마지막 작품이며, 그는 다음 해 암으로 사망했다.

플로리안 헹켈 폰 도너스마르크, 2006, 독일

고통을 견디게
하는 것은

밀양

세상에서 가장 억울한 일은 무엇일까? 나는 억울한 일 그 자체라고 생각한다. 억울한 일에는 원인이 너무 많아서 원인이 없다. 고통에는 위계도 수량도 총량도 없다. 회복할 수 없는 고통을 겪고 있다면 원인을 찾을 것이 아니라 남은 시간을 어떻게 처리할지 고민해야 한다. 죽지 않는다면 말이다. 물론 어려운 일이다.

이창동 감독의 영화 〈밀양〉의 원작은 이청준의 단편소설 〈벌레 이야기〉(1985년)이다. 이창동 감독은 1988년에 이 소설을 "광주 항쟁에 관한 이야기로 읽고" 반드시 영화화하기로 결심했다고 한다. 소설과 영화의 내용은 다소 다르다. 소설에서, 아이를 살해한 남성은 피해자 가족에게 "제 영혼은 이미 하느님께서 사랑으로 거두어주실 것을 약속해주셨습니다. …… 저는 새 영혼의 생명을 얻어 가지만, 아이의 가족들은 아직도 무서운 슬픔과 고통 속에 있을 것입니다. 저는 지금이나 저세상으로 가서나 그분들을 위해 기도할 것입니다."라고 간증하고, 이 말을 들은 아이 엄마는 자살한다.

작품은 우리가 피해자의 입장에서 피해와 가해를 이야기할 때의 주제들—더는 인간의 선(善)을 믿지 않으며, 고통을 견디게 하는 것은 사랑이 아니라 분노, 저주, 복수심이라는 현실, 사람이 할 수 있는 일과 할 수 없는 일, 용서마저도 가해자의 권리인 현실—을 생각하게 한다.

나는 이 영화를 세 번 보았다. 정확히 말하면 두 번 반이다. 처음 볼 때는 유괴 살인범(조영진 분)과 아이의 엄마(전도연 분)의 교도소 면회 장면을 감당하지 못하고 도중에 나왔다. 나의 어떤 경험과 겹치면서 더 볼 수 없었다. 조용한 극장 화장실에서 구역질을 했다. 나는 그녀와 동일시했지만, 내 몸은 그녀를 담을 수 없었고 당연히 몸이 비틀리고 다리가 풀리고 휘청거렸다. 다행히 다음 두 번은 온전히(?) 다 보았다.

나는 이 영화의 두 장면을 가슴에 담고 산다. 하나는 여자

주인공이 경찰서에서 가해자와 마주쳤을 때의 태도이다. 가해자 앞에서 겁먹고 주눅 들었던 그녀는 나중에 자신의 행동에 분노한다. "내가 왜 그 사람 앞에서 당당하지 못했을까!" 이 장면은 그녀가 '부동산이 좀 있다'고 '자랑'한 것이 유괴의 원인이었다고 자책할 것이라는, 관객의 예상을 뒤엎는다. 감독은 범인과 마주쳤을 때 피해자의 반응을 기존과는 다른 방식으로 재현한다. 엄마의 이전 행동이 어떠했든 간에, 그것은 아이의 죽음과 아무 상관이 없다. 피해자는 죄가 없다는 이 간단한 윤리, 아니 상식이 우리 사회에는 없다. 피해를 호소하는 이들에게 흔히 사회가 보이는 반응은 "당신은 그때 어떻게 했습니까?(평소 네가 어떻게 행동했길래, 그런 일에 휘말리다니, 그 사람이랑 어떤 관계인데……)"이다.

자녀가 유괴되어 살해당한 어머니의 고통과 대비되는 가해자의 마음의 평화. 이 이야기에서 이창동 감독이 '80년 광주'를 연상한 것은 이 작품이 한국 사회에 만연한 부정의, 즉 피해자 비난, 낙인, 고립을 상징적으로 그렸다고 보았기 때문일 것이다. 피해자의 입장에서 이보다 더 억울한 일은 없다. 더구나 가해자는 피해자가 그토록 원했던 '하느님의 구원'을 받은 데다, 피해자를 걱정하고 가르치려 한다.

반민특위의 실패부터 '나쁜 사람들', '기회주의자'만이 살아남았던 것이 한국 현대사이고 우리의 일상이었다. '악한 자의 승리, 악한 구조의 승리'는 지금도 크게 다르지 않다. 제주 4·3 사건은 말할 것도 없고 세월호, 최근 포항 지역의 지진에 이르기까지 피해자는 몸을 숨기고 사죄했다. ("저희들 때문에 수능이 연기되어 죄송해요.")

억울한 일로 평생을 불면의 밤과 싸우고 절망과 분노로 자신을 '망가뜨리는' 이들을 종종 본다. 이들은 가해자가 처벌받지 않음을 알고 있다. "이 생에서는 해결 방법이 없다"는 사실도 알고 있다. 그러나 이 사실을 받아들일 수 없는 사람들이다.

이 문제는 두 장면 중 나머지 한 장면으로 연결된다. '신앙의 힘으로 잠시 구조된 듯한' 여주인공이 교인들과 다과를 나누면서 의기양양하게 소회를 밝힌다. "하느님이 제게 구원을 주셨으니, 저도 그분께 뭔가를 드려야겠어요." 가해자를 용서하겠다는 의미다. 나는 이 장면에서 '피해자'라는 주제(主題)를 깨달았다. 맙소사. 그녀는 자신이 '하느님'과 동급인 줄 알고 있었다.(여기서 하느님은 절대성, 운명, 인생이라는 짧은 시간…… 을 뜻한다.) 그녀는 '하느님'과 대적하려고 한다. 일 대

일로 주고받는 관계. 그러니 자기도 하느님께 은혜를 갚겠다는 것이다. 그러니 무슨 일이 되겠는가. 더 큰 고통만이 그녀를 기다릴 뿐이다.

나는 이 장면이 가장 충격적이었다. '하느님(우주)'은 모든 것을 관장하는 원리지, '나(우주의 먼지)'와 무엇인가를 교환하는 상대가 아니다. 아니, 누가 누구에게 무엇을 '감히' 갚겠다는 것인가. 이런 황당하고, 망상적이고, 확대된 자아는 도대체 어디서 나왔을까?

이후에도 그녀는 물건을 훔치고, 유부남을 '유혹'하고, 집회 마이크를 끄는 등 계속 하느님과 협상하고, 대결하기를 반복한다. 나는 피해자가 진짜 미쳤다고 생각했다. 아이를 잃고 피해자가 되었을 때, 너무나 억울할 때, 고통이 숨통을 죄고 있을 때, 죽음만이 육체의 구원일 때…… 고통의 대가를 치르는 것이 일상인데도 고통은 줄지 않는다. 이자에 이자가 붙어 고통은 쌓여만 간다.

이때 유일한 출구, 여주인공이 선택한 이데올로기가 "나는 순수한 피해자"라는 정체성이다. 피해자는 도덕적으로 우월하다. 그런데 이 우월함의 근거는 피해자가 생각하는 정의(justice)가 전부다. 피해=정의도 아닐뿐더러 누가 그것을 공감

해주겠는가. 문제는 이것이다. '선'의 힘으로 '악'을 이기려 할 때, 인간은 부서지고 무너진다. 도덕적 우월감은 타락의 지름길이다. 더구나 우리에겐 이 영화처럼 '송강호'도 없으며, 마지막 미용실 장면에서 만난 가해자 소녀와도 함께 살아가야 한다.

　나는 잠들기 전에 언제나 조용히 되뇐다. 잠들기 위해서. "구원, 해결, 복수…… 세상에 그런 것은 없습니다. 그런 것은 없습니다. 저는 이것을 받아들입니다……."

이창동, 2007, 한국

가해자를
찾아가 만난다면

끔찍하게 정상적인

이 영화를 본 사람은 많지 않겠지만, 나의 부족한 설명으로도 공감할 수 있을 것이다. 나도 주인공과 '비슷한 처지'여서, 이 작품을 본 후 매일 밤 '어떻게 할까'를 생각했다. 어떤 사건을 '처리'하고 싶다, 그 사건으로부터 자유로워지고 싶다, 그러려면 얼마나 괴로워야 하나. 아니, 그것이 가능할까. 내가 왜 이렇게 살아야 하나? 잘못한 것도 없는데……. 이런 생각으로 내 삶이 잠식되고 있는데도 위로하거나 공감해주기는커녕 대개 이렇게 말한다. "집착, 너의 개인적 특성, 아직도? 야, 내가 더 창피하다." 피해자는 자기 기분이나 경험보다 이런 말들로부터 자신을 보호하는 데 더 많은 시간을 사용한다.

〈끔찍하게 정상적인〉은 2005년 제7회 서울국제여성영화제에서 상영된 다큐멘터리다. 당시 많은 관심을 모았고 감독인 셀레스타 데이비스도 방한했다. 대개 이 영화를 '성폭력 피해 여성에게 용기를 주는 이야기'로 읽는다.

나는 가해자와 대면한다는 상황에 관심이 있었다. '정상'과 '비정상'을 가르는 인식은 사회적 약자뿐만 아니라 대다수 사람들에게도 폭력이 되기 쉽다. '평범한 악'처럼 '끔찍한 정상성'이다. 이 영화는 그 '끔찍함'의 원인 중 하나가 가해자의 사고방식에서 온다고 생각한 것 같다. 피해자는 가해자의 생각을 이해하기 어렵다.

감독은 자기 이야기를 하기 위해 영화를 공부했다. 셀레스타 데이비스 감독은 여섯 살 때 이웃에 사는 아버지의 절친한 친구에게 성추행을 당했다. 언니인 캐런도 같은 방식으로 당했다. 남자는 소녀들의 입속으로 성기를 밀어 넣었다. 아버지는 딸들에게 "아무 일 없었던 것처럼 그를 대하라."고 했고 가해자와 변함없이 친분을 유지했다. 양쪽 가족은 소녀들의 고통보다 가족 유지를 더 중요시했다. 피해자를 침묵시키고 계속 가해자에게 노출시키는 것이 실제 가족을 유지하는 일일까? 우리나라의 호주제 폐지 운동 때의 구호대로, 가족을 지키는 것은 사랑이지, 호주제(성폭력 은폐)가 아니다. 이 영화는 아버지가 딸을 보호한다는 말이 신화에 불과함을 보여주는 영화이기도 하다. 자기 딸보다 친구와의 우정이 더 중요한 것이다. 남성 연대 앞에 가족은 없다. 그런데 그게 정상 가족이란다.

사건 이후 25년 동안 자매는 이 문제와 싸워 왔다. 자매는 가해자가 사는 곳으로 찾아가기로 마음먹는다. 그가 자신들에게 저지른 일을 직면하고 인정하도록 하기 위해서이다. 성범죄가 아니더라도 억울한 일을 겪은 사람들은 "가해자야, 제발 좀 깨달아라. 네가 무슨 일을 저질렀는지."라고 외치기 마련이다.

가해자를 찾아가기 전, 어머니와 두 자매는 떨림과 흥분 속에서 위로와 격려를 주고받으며 '파이팅'을 외친다. 그러나 막상 그와 마주치자, "아저씨, 있잖아요, 그러니까…… 저…… 예전에……." 두서없는 말이 이어지다 침묵이 흐른다. 가해자는 속으로는 찜찜했겠지만 여유 있어 보인다. 가해자를 위해 사연을 설명하고, 다툼이 오가고, 누군가 분노했는지 카메라가 엎어지고 깨지더니 화면이 꺼져버렸다. 정말 생생한 다큐멘터리다! 몇 분일까. 몇 초일까. 의성어만 들린다.

그 다음 장면, 화면에 불이 들어왔다. 마지막 장면, 영화의 백미다. 25년. 떨리고, 무섭고, 벼르고 별렀을 그 만남이,

막상 가해자의 뻔뻔한 태도에 맥이 빠지고 어색한 대화만 오가자 감독은 자리를 뜨려 한다. 이때 가해자가 말한다. "얘야, 내가 뭘 도와주었으면 좋겠니?" 그때서야 감독은 폭발한다. "당신이 도와줄 건 없고, 그간 내게 떠넘겼던 당신 짐이나 가져가."

'상식에 따르면', 가해자가 죄의식으로 괴로워해야 한다. 자신의 죄를 짊어지고 살아가야 한다. 그런데 '아빠의 절친'은, 마치 자기 딸을 보살피듯이 "네가 괴로워하는 것 같은데, 뭘 도와줄까."라고 말하는 것이다. 나는 영화를 본 지 13년이 지난 지금도 그 남자의 '다정하고' 안정된 목소리를 기억한다.

'악'의 의미는 간단하다. 어린 시절, 힘이 센 아이들이 몰려다니며 몸집이 작은 아이를 왕따시킨다. 그리고 그 아이에게 가방을 들게 한다. 키가 작은 아이는 자기 몸집의 몇 배가 되는 여러 개의 가방을 질질 끌면서 그들의 뒤를 따른다. 자기 짐을 권력(젠더, 계급, 인종······)을 이용해 희생자의 어깨 위에 강제로 얹어 놓고, 좋은 사람으로 보이고 싶어 한다. '여섯 살 소녀'에게 그 짐은 돌 갑옷과 쇠뭉치를 어깨에 걸친 듯, 몸이 휘청일 정도로 무거운 것이다. 그런데 "내가 도와주마."라니?

가해자가 피해자를 어떻게 도와준다는 것인가. 아니, 이게 말이 되는가. 피해자, 특히 어린이 성폭력 피해자의 입장에서는 가해자가 법의 처벌을 받고, 백번 사과하고, 비참한 삶을 살아도 분이 풀릴까 말까다. 가해자는 아버지를 비롯해서 가족 모두가 포함된다. 감독은 25년 동안 그 기억과 고립, 침묵, 분노와 싸워 왔다. 어느 피해나 마찬가지다. 자기 감정을 표현할 수 없는 환경, 자기는 이렇게 괴로운데 가해자는 어떠한 처벌도 받지 않는 현실 때문에 화가 나는 것이다.

76분짜리 영화의 힘은 대단했다. 나는 지금도 이 영화에 기대어 산다. 억울한 일을 당했을 때, 인간관계에서 갈등이 생겼을 때(내가 당했을 때) 가해자를 찾아가는 일, 대화를 시도할 것인지 고민한다. 쉬운 일도 아닐뿐더러 의미가 있을까, 효과가 있을까. 밤마다 상황을 그려보지만 아침에 일어나면 잠만 못 잤을 뿐이다. 불면 때문에 무기력한 하루가 반복된다. 변호사와 같이 갈까. 기가 센 친구와 같이 갈까. 권투 같은 운동을 배운 후 담력을 키운 다음에 찾아갈까. 자객(刺客)을 보낼까.

나는 생각만 거듭하다가 결국 두 가지 이유로 포기하는데, 하나는 실제로 귀찮고 시간이 아깝기 때문이다. 하지만 결정적인 이유는 무서워서다. 어차피 '그/그녀'는 얼굴에 철판을 깔고 발뺌하며 내 이야기를 부인할 것이 뻔하다. 용기가 나지 않는다.

가해자가 피해자의 말을 이해하지 못하는 경우는 두 가지인데, 하나는 정말 무식해서이고(대개 젠더 문제), 다른 하나는 지나친 방어 심리 때문에 상황을 분간하지 못하고 자신이 피해자라고 생각하기 때문이다.

그런데 나는, 그리고 사람들은 왜 '가해자와의 대화'라는 욕망을 버리지 못하는 것일까. 대화가 이루어지면, 나아질 수 있을까. 그 기억을 털고 나아갈 수 있을까. 도대체 치유라는 것은 어떻게 가능한 것인가. 물을까. 잊을까. 무시해버릴까. 찾아갈까. 복수할까.

외교적인 차원에서 '적과의 대화'는 가능하다. 이것은 인간의 생존 방식이다. 우리는 누구하고나 대화할 수 있다. 그러나 피해 의식에 찌든 가해자와는 대화할 수 없다. 나는 대화나 평화를 강조하는 사람들을 의심하는 편이다. 그러나 '좋은 게 좋은 우리 사회에선' 대화하자고 나서는 사람들은 그럴듯해 보인다. '있어 보인다.'

당연히 대화는 필요하고 중요하다. 그러나 대화(對/話)는 기본적으로 적대 행위라는, 대화의 의미를 만만하게 보지 않는 겸손한 자세가 먼저 필요하다. 대화를 제안하기 전에 상대가 왜 대화를 꺼리는지, 왜 대화가 불가능한지를 먼저 생각해야 한다.

약자에게 대화는 어려운 일이고, 강자에게는 귀찮은 일이다. 가해자가 대화를 먼저 요구할 때는 자기 필요에 의해서이고, 피해자가 대화를 청할 때는 "나한테 왜 그랬나요?"라고 묻기 위해서이다. 〈끔찍하게 정상적인〉은 피해자와 가해자의 대면을 다루지만, 피해자는 무너지지 않고 가해자의 멱살을 잡는다.

피해자에게 도움까지 주겠다는 가해자의 팽창된 자아는 어디서 기인한 것일까. 찌질하고 비겁하면서도 동시에 배려와 시혜의 주체가 되려는 이들. 이들은 자신을 들여다보지 않는다. 자기의 잘못을 알고 있는 타인이 지치기를 바란다. 증인 살해. 군 위안부 문제가 그렇고, 세월호가 그렇다. 약자의 투쟁에 시간 끌기로 대처하는 것이다. 끔찍한 정상성이다.

셀레스타 데이비스, 2004, 미국

'착한' 여자의
'나쁜' 남자 순례기

혐오스런 마츠코의 일생

'혐오스런 마츠코의 일생'에서, 혐오스러운 것은 '마츠코'인가 아니면 '마츠코의 일생'인가. 같은 뜻일까. 아직도 모르겠다. 나는 마츠코도 그녀의 인생도 혐오스럽다고 생각하지 않는데, 왜 이 영화를 떠올릴 때마다 내 생각은 제목에서부터 걸려 넘어질까. 다른 사람들은 어떻게 생각할까. 일본어와 한국어는 어순이 같아서 원제도 내 고민을 해결해주지 못한다. 嫌われ松子の一生. 영어 제목은 간단하다. 마츠코를 그리며(Memories of Matsuko).

이 영화는 내가 쓰다듬고 보살피는 '내 인생의 영화' 중 하나이다. 어울릴 것 같지 않은 내용과 형식. 이 독특한 뮤지컬 영화에는 일본의 일급 배우들이 총출동한다. 마츠코 역의 나카타니 미키는 영화 속에서 새로운 남자를 만날 때마다 각각 한 편의 작품을 내놓는 듯하다. 대단한 역량이다. 다른 배우들도 화려하다. 에이타, 이세야 유스케, 카가와 테루유키, 이치카와 미카코, 구로사와 아스카, 에모토 아키라, 키무라 카에라, 시바사키 고우, 쿠도 칸쿠로……

이 영화는 보기 전에 미리 밥을 먹어 두어야 한다. 여성의 입장에서 보면 동일/시 정도가 아니라, 실제로 정도의 차이는 있겠지만 비슷한 경험이 펼쳐지기 때문에 여자의 일생을 견딜 정신력, 체력이 필요하다. 영화의 주된 내용은 가부장제 사회에서 여자가 만날 수 있는 온갖 종류의 '나쁜 남자' 순례기이다. 이 영화를 보고 남성의 유형을 나누어도 무리가 없겠다. 마츠코가 만난 '나쁜 남자'들은 폭력과 알코올은 기본이다. 특히 마츠코는 맞는 것에는 이력이 난 듯하다. 성판매를 강요하고 마약에, 동반 자살 시도까지. 이 영화의 남성들은 자신이 의식했든 아니든 여성성을 이용하고 상처를 주는 분야의 일급 전문가들이다. 아니, 그것이 그들의 삶 자체일지도 모른다.

마츠코는 중산층 가정 출신의 음악 교사에서 사회의 밑바닥으로 떨어진다. 그 과정이 '스펙터클'하다. 그때마다 마츠코는 살아남지만 또다시 나쁜 남자를 만난다. 그 모든 사랑이 얼마나 진정성이 넘치는지! 누가 정확히 첫 남자인지는 모르겠지만, 본격적인 첫 번째 남자는 그녀를 두들겨 패던 소설가다. 그는 마츠코가 보는 앞에서 기차와 정면 충돌해 자살한다. 유서는 "태어나서, 죄송합니다." 자기가 다자이 오사무인 줄 안다.

마츠코는 제정신인가 싶을 정도로 나쁜 남자를 만난다. 나쁜 남자를 '찾아다닌다'고 보는 관객도 많을 것이다. 영화의 마지막 즈음, 50대 중반이 된 그녀는 못 알아볼 정도로 비만인 데다가 약이 없으면 거동도 어렵다. 집은 저장 강박 환자의 집처럼 쓰레기로 가득 차서 들어갈 수조차 없다. 그러던 어느 날 밤, 노숙자 차림의 마츠코가 공원에서 야구를 하는 10대 소년들에게 말한다. "얘들아, 늦었다. 어서 집에 가라." 다정한 누나의 목소리다. 자신보다 어린 아이들을 걱정하는 마음. 그녀의 모든 마음은 진심이다.

그런 처지에도 소년들을 걱정하는 그녀의 마음이 내가 생각하는 이 영화의 주제다. 하지만 그 마음이 그녀의 사망 원인이 된다. 아이들은 형편없는 차림의 그녀를 장난하듯 야구 방망이로 마구 때리고 그녀는 생을 마감한다.

이 영화에서 가장 아름다운 장면은 그녀의 일생을 마무리하는 계단이다. 어릴 때 살던 집. 그녀는 깨끗한 나무 계단을 차근차근 오른다. 단정하게 접은 하얀 양말을 신었다. 내게도 익숙한 양말이다. 지금도 가끔 발목을 감싼 그런 양말을 신고 긴 치마를 입곤 하지만, 10대 내내 입었던 교복과 잘 어울리던 양말이다. 그렇게 마츠코는 하늘나라로 올라갔다.

성선설이니 성악설이니 인간의 본질을 놓고 갑론을박하던 시대도 지났다. 지금은 모두가 한목소리다. 세상이 너무 나빠졌으며 믿을 사람은 아무도 없다. '착한 사람'의 개념은 완전히 무너졌다. 선함은 순진함, 무능력, 루저, 답답한 인간과 비슷한 의미로 쓰인다. 선함 자체가 존재하지 않기 때문에 선함은 위선일 뿐이라고 말하는 이들도 많다. '착하다'는 말을 칭찬으로 생각하는 이들도 별로 없으며, 그런 말을 들으면 화를 내는 사람(특히, 여성)도 있다.

나 역시 마찬가지다. 내가 믿었던 선함의 의미를 모르겠다. 몸매가 착하다, 가격이 겸손하다, 착한 여행 같은 말에 '착함'이 사용되는 시대다. 내가 생각하는 착함은 자기 역량이 가능한 수준에서 타인에 대한 배려, 조금 이타적인 마음, 딱히 정의롭다기보다 정의를 추구하는 태도, 타인을 함부로 대하지 않는 마음가짐…… 정도다. 나는 그렇게 생각했다.

그러나 요즘, 이런 착한 사람들은 냉소적이거나, 분노 조절을 못하는 '아픈' 사람이 되어 병원에 다니거나, 타인을 붙잡고 하소연을 하는 민폐 캐릭터가 되었다. 나쁜 사람보다 그들에게 당한 사람을 더 싫어하는 세상이다. 나름 착하게 혹은 최소한 상식적으로 살려고 노력하다가, 타인에게 이용당하거나 속거나 모욕을 당했을 때, 그러한 사건이 반복될 때 변하지 않을 사람이 있을까.

나는 다르게 질문하고 싶다. 변해야만 정상일까. 그렇게 당했는데도 같은 방식을 되풀이한다면, 그것은 착한 것이 아니라 멍청하다고 하는 것이 정녕 맞는 논리인가? 나쁜 사람이 변해야지, 왜 착한 사람이 변해야 하나? 착한 사람이 미치고 아픈 것은 당연한 반응이 아닌가.

내가 늘 주장하는 대로 '착한 여자'와 '착한 여자 콤플렉스'는 반대말이다. 여성주의가 추구하는 것은 착한 여자지 나쁜 여자가 아니다. 불평등과 착취는 부정의하다. 착한 사람, 정의로운 사람은 이에 반대한다. 저항하는 과정에서 사회가 '우리'를 나쁜 여자들이라고 한다면 사회가 잘못이지, 우리가 나쁜 여자라고 굳이 되받을 필요는 없다고 생각한다.

이 영화의 감동은 '피해' 개념의 전복성에 있다. 이 영화를 보면 어떻게 살 것인가 고민거리가 생긴다. 그것이 마츠코의 선물이다. 대개 사람들은 자신이 크게 손해 보지만 않는다면, 타인에게 도움을 주려고 노력하는 편이다. 어느 정도의 이타성은 이기성이기도 하다. 누구나 좋은 사람이 되고 싶어 한다. 하지만 선의(이 영화에서는 '사랑')가 사기와 갈취, 저질 구설 따위로 돌아온다면? 이런 배신이 반복된다면? 이때부터 우리 마음은 마음대로 되지 않는다. 우울과 분노에 빠진다. 기분 장애 상태에 이르기 쉽다. 사람들마다 대처 방식이 다를 것이다. 우울과 은둔, 심각한 경우 자살. 다시는 사람을 믿지 못하고 마음을 닫는다. 어설픈 복수로 더 망가지기도 한다. 비일비재한 일이다.

나는 이 영화를, 이 영화의 마츠코를 사랑한다. 그녀는 여자인 내가 봐도 이해하기 힘들 정도로 '당하기를' 반복한다. 그렇게 당하는데도 그녀는 (성별 구분 없이) 사람에 대한 믿음을 버리지 않는다. 마츠코의 피해와 고통은 그녀의 잘못이 아니라 타인의 잘못이다. 그녀가 타인의 잘못을 피하지 않은 것이 잘못이란 말인가? 상대가 나쁜 의도를 품고 마음먹고 속이려 드는데, 그것을 어떻게 피한단 말인가? 계속 조심하고 경계하고 살아야 할까?

마츠코는 피해자가 아니다. 당연히 피해 의식도 없고 남자들을 원망하지도 않는다. 억울해하지도 않는다. 마츠코는 나의 혼란을 정리해주었다. 그녀는 나쁜 세상과 자신의 과거로부터 영향받지 않고, 언제나 자기 본모습대로 살았다. 그 완강한 자기 노선. 피해 경험과의 단절!

어떻게 그럴 수 있을까. 마츠코는 세상에 당한 것이 아니다. 세상과 싸웠다. 자기 방식이 옳음을 믿었다. 진정한 강인함이다. 완벽히 구조화된 가해와 피해의 양극 시대. 가해자/집단의 피해 의식이 판치는 시대에 정작 피해자인 그녀는 의연하다. 피해 의식만 가득한 사람은 마츠코처럼 타인을 걱정하지 않는다.

'나쁜 세상'이라는 구조. 이 구조와 개인의 관계에서 개인의 대응은 다양하다. 저항할 수도 있고, 틈새를 찾아 협상할 수도 있다. 사실 제일 '편한' 방법은 은둔인데, 은둔도 어느 정도 자원이 있어야 가능하다.(여성들은 산속에서 혼자 살기 어렵다.) 대부분은 나쁜 세상의 파도가 너무 높고 강자가 약자의 '얼굴'을 계속 후려치기 때문에 정신을 차리기가 힘들다.(이 영화의 속도감은 정신없이 따귀 맞기 같았다.)

어려운 일이지만 조금 힘을 내서 우리 자신을 지켜내는 바람직한 방식을 찾았으면 한다. 결국 자신의 역량을 믿는 것이다. 타인에 대한 신뢰는 그 다음이다. 피해도 억울한데, 자신을 미워하는 것은 이상한 일이다. 나쁜 사람은 타인의 자존감, 의욕, 믿음을 도둑질한다. 마츠코가 내 앞에서 그들을 가로막고 있다. 그녀의 보호를 받는 관객들이 행복한 이유다.

나카시마 테츠야, 2006, 일본

상처가
아무는 시간

위플래쉬

빠져나올 수 없는 인간관계에서 고통받고 있는 사람들과 이야기를 나누다 보면, 자연스럽게 이 영화를 권하게 된다. 교사와 학생, 상사와 부하, 연인 사이는 물론이고 혈연지간도 견딜 수 없다면 떠나면 된다. 그러나 생계든 욕망이든 자존심이든 비합리적 사고든 '거래'가 있다면 단절은 쉽지 않다. 많은 이들—예를 들면 '예전' 가부장제 사회의 어머니들—이 그런 관계가 운명인 줄 알고 살다가 생을 마쳤다.

　　문제는 가장 끊기 어려운 관계. '가해자'가 '피해자'가 욕망하는 것도 지니고 있을 때다. 운동선수와 감독, 예술가와 제자, 교수와 학생, 감독과 배우가 대표적일 것이다.

〈위플래쉬(Whiplash)〉와 〈라라랜드〉 두 편을 내놓은 신예 데이미언 셔젤 감독이 1985년생이라는 사실에 "역시"라는 생각이 들었다. 두 작품 모두 서른 살 즈음에 만들었다는 얘기다. 〈위플래쉬〉도 그 자신의 이야기일 것이다(그는 이 영화의 각본도 썼다). 이 영화에 대한 평은 크게 두 가지이다. 하나는 음악 영화로서, 혹은 작품의 완성도 자체로 빼어나다는 평가다. 내용상으로는 비인간적인 선생과 비인간적 교육 방식에 대한 비판이다.

내 의견은 둘 다 아니다. 조금 다른 이야기인데, 나는 인류 문명 초기부터 존재했을 선생과 제자의 관계에 관심이 있다. 타고난 재능과 피나는 노력(이 영화에서처럼 진짜 피가 나야 한다), 부모의 지원과 절대적인 자원, 이 세 가지가 넘쳐도 당대 자본주의 사회에서 예술가로 성공할까 말까다. 그런데 가난한 학생(마일즈 텔러 분)은 노력 외에 할 수 있는 것이 없다. 게다가 그는 나쁜 선생(J. K. 시몬스 분) 때문에 자신이 가장 하고 싶은 것을 포기한다. 죽음을 기다리는 것보다 더한 고통이다. 그것도 젊은 날에. 이 작품은 그 고통을 실제 시간으로 약 5분 만에 극복하는 이야기다.

내게 〈위플래쉬〉의 약효는 특별했고 상당히 오래갔다. 행

복했다. 귀가 얇고 주책맞으며, 동일시의 여왕인 내게 이 영화
는 당연히 나의 이야기였다! 마지막 장면 5분만 빼고. 주인공
에겐 '5분'이었던 시간이 나에게는 평생이었다. 어리석고 어
리석은 인간이다.

내 인생을 좌우했고 좌우하는 사람이 두 명 있다. 둘 다
여성인데, 성격도 비슷하다. 두 사람 모두 주변 사람을 미치게
만드는 능력이 있다. 타인을 들들 볶고, 이중 메시지의 전문가
들이며, 매사에 자기 위주이고 제멋대로다. 그러나 능력이 뛰
어나며, 자기가 하는 일에 대해서는 욕심이 끝이 없다. 아, 그
집착과 의지, 변덕도 알아주어야 한다. 가장 큰 공통점은, 나
는 그 두 사람이 어서 사라지기를 바랄 정도로 미워하지만, 그
들은 내 속마음을 아는지 모르는지 언제나 나를 사랑한다고
주장한다는 점이다. 그들 주변에 있던 이들이 대부분 나가떨
어졌다는 점에서 나는 생존자일지도 모른다.

오늘날 내가 이렇게 괴롭게 사는 것은 그들 때문이다. 아
니, 정확히 말하면 나는 그들에게 내 영혼을 팔았다. 나는 그
들이 원하는 사람이 되기 위해 죽도록 노력했다. 달리 길이 없
었다. 그럼, 내가 고아원으로 가겠는가, 학교를 그만두겠는가.
나를 향한 그들의 어처구니없이 높은 요구와 기대는 결과적으

로는 나를 훈련시켰다. 주변에서 나를 평가할 때 자주 등장하는 말이 '지독하다'는 것인데, 그들 덕분이다. 그들을 만족시키려면(결국 나의 만족이지만) 나는 지독할 수밖에 없었다.

중고등학교 시절에 체력장이라는 제도가 있었다. 나는 몇 종목을 초과 달성했다. 1분 안에 해야 하는 윗몸 일으키기가 몇 개였는지 기억나진 않지만, 개수를 다 채우고도 시간이 남아 몸부림치는 친구들을 바라볼 만큼 여유가 있었다. 철봉에 매달리기. 이 종목은 반칙이 횡행했다. 팔뚝 힘으로 매달려야 하는데 대개는 턱을 철봉에 걸치고 버틴다. 나는 언제나 철봉에서 가장 멀리 목을 떼고 버티는 학생이었다. 내 기억으로 33초만 버티면 만점이었는데, 안정된 자세로 일 분 이상 매달려 있었다.

입시 제도, 경쟁은 한국 교육의 대표적 적폐다. 전 국민을 망가뜨리는 시스템이다. 문제는 높은 성적을 모든 학생들에게 강요하고 거짓 실력으로 위계를 만들고, 이를 통치 이데올로기로 삼는다는 데 있다. 하지만 무엇인가에 몰두하고 성취하려는 학생에게 공부는 필요한 과정이다. 어느 분야든 '성공'하려면, 어릴 때부터 공부하는 몸을 만들어야 한다. 피겨 스케이팅이든 피아노든 모두 공부다. '김연아 선수만큼'의 절대적인 노력과 훈육이 필요하다.

"어떻게 하면 좋은 소설을 쓸 수 있나요?"라는 질문에 황석영 작가는 이렇게 말했다. "엉덩이로. 왼쪽에서 오른쪽으로 쓰면 됩니다." 이 영화에서처럼 드럼 주자라면 손이 뭉개지도록, 공부나 글쓰기라면 하루에 열 시간씩 앉아 있을 수 있는 자기 발로(發露)의 즐거운 의지가 있어야 한다.

엄청나게 욕을 먹을지도 모르지만, 나는 이 영화에서 플레처 선생의 교육법이 무조건 나쁘다고 생각하지 않는다. 나나 주인공 같은 유형은 그런 선생을 원한다. 제발 나를 훈련시켜 주세요, 뭐든 따르겠나이다, 나를 '때려주세요', 예술가가 되게 도와주세요, 선생님의 방법을 알려주시면 뭐든 따르겠습니다, 무엇이든 감수하겠습니다, 버릴 수 있습니다, 분재(盆栽)처럼 제 몸을 비트는 고통을 얼마든지 원합니다. 출세에 미쳤다고? 천만에. 이런 종류의 인간이 원하는 것은 스스로 인정할 수 있는 경지에 다다르는 것이지, 돈이나 명예가 아니다. 그것은 부수적으로 따라올 뿐이거나 무관할 수도 있다. 왜냐하면 돈이나 명예 수준의 동력으로는 이 과정을 견딜 수 없기 때문이다.

나는 어릴 때부터 엄마에게 하도 들볶여서 그런지, 사회에 나온 다음에는 모든 일이 그리 어렵지 않았다. 늘 내게 '미션 임파서블'을 요구하던 엄마를 견딘 덕분이다. 피아노 체르니를 뗀 사람은 바이엘이 쉽다. 그런 것이다. 엄마에게 칭찬을 받은 기억이 없다. 칭찬은커녕 지적도 아니고, 엄마는 무슨 기운이 그토록 남아도는지 놀라운 기세로 늘 내게 악담을 퍼부었다. 나는 엄마 말이 진리인 줄 알고 무조건 빌고 노력했다.

문제는 그런 '위플래시(채찍질)'들의 인간성이다. 그들의 인간성이 평균 정도만 되어도 괜찮을 텐데, 아주 바닥이면 사고가 난다. 예술이고 나발이고 모두가 불행해진다. 훌륭한 학생이 그들로 인해 자살하고 많은 학생들이 미래를 포기한다. 이 영화의 선생은 미친 건지 비열한 건지 꼬인 건지, 하여간 최악이다. 그는 인간이라는 징그러운 생물이 고안할 수 있는, 가장 밑바닥 방식으로 학생의 등에 칼을 꽂는 유형이다.

마지막 콘서트에서 선생은 화해하는 척, 주인공에게 드럼 주자 자리를 준다. 수많은 청중들이 지켜보는, 축복과 긴장의 발표회다. 제자는 자신의 모든 역량과 재능을 펼칠 꿈에 부풀어 있다. 그러나 공연이 시작되자마자 '지휘자'인 선생은 갑자기 듣도 보도 못한 레퍼토리로 곡을 바꾼다. 초등학생에게 벡터 수학 문제가 나온 것이다. 영어 시험을 보러 갔는데, 아랍어가 나왔다. 악몽이다. 제자는 '멘붕'에 빠져 눈물을 훔치며 무대에서 내려온다.

　나는 영화를 보는 내내 (흥미진진해서) 탈진해 있었는데, 이 장면에서는 거의 쓰러질 지경이었다. "그래, 당신들 권력이 이런 식으로 이기는구나. 나두 그렇게 무수히 당했지. 나, 안 죽은 게 다행이다." 이런 피해망상에 자포자기 심정으로 나는 주인공으로 빙의했다. 그 선생의 대머리를 야구방망이로 박살내고 싶었다. 더는 화면을 쳐다볼 수 없었다. 눈물이 흘렀다. 차라리 사랑하고 먹고 마시고 여행'이나' 다니며 살걸, 나도 결국 저 꼴이다.

　무대 뒤. 주인공의 아버지가 상황을 눈치채고 깊게 상처받은 아들에게 집에 빨리 가자고 말한다. 바로 그때, 주인공이 무대를 향해 뛰어나간다. 그리고 가장 자신 있는 곡을 연주하기 시작한다. 선생을 무시하고 상황을 주도한다. 그의 드럼 소리가 커지자, 선생을 비롯한 모든 연주자들이 그를 중심으로 연주를 시작한다.

　이 장면은 내게 충격적인 감동을 주었다. 키가 크는 느낌이었다. 앞에 말한 두 여자와 거리를 둘 용기가 생겼다. 나는 엔딩 크레딧이 끝나기 전까지 화면에 대고 말했다. "그래, 모든 것을 잃어도 좋아, 이제는 당신들 뜻대로 살지 않아, 이렇게는 못 살아……." 인생은 아름답다. 주인공은 선생이 그를 짓밟은 지 5분 만에 트라우마를 회복하고 자기 길을 간다. 대부분의 사람들은 10년, 20년, 평생 걸리는 그 시간을 말이다. 나는 이 영화를 보고 상처 극복에 걸리는 시간에 대해 완전히 다른 시각을 갖게 되었다. 나는 타인을 부러워하지 않는 편이다. 그러나 이 영화의 주인공은 몹시 부러웠다. 그와 달리 나는 오랜 시간 상처받고 주저앉았다.

원한다면 최선을 다해 추구하면 된다. 엄마나 선생의 인정은 나의 행복보다 중요하지 않다. 〈위플래쉬〉 역시 '나의 영화'. 2만 9천 원을 주고 포스터를 사서 나의 노동 공간에 걸어두었다(책상이 있는 마루). 포스터 면적에 비해 작은 크기의 드럼 주자가 자신에게 몰두해 있다.

데이미언 셔젤, 2014, 미국

질투라는
자발적 고통

질투는 나의 힘

기형도는 일찍 죽었다. 물론 그의 시는 훌륭하다. 그러나 사람들이 그를 지나치게 사랑하는 것은 영원히 젊은 기형도에 대한 선망 때문이라고 생각한다. 봄날이 가고 일상의 권태에 시달리는 사람들은 더욱 그에게 몰두할 것이다. 남들은 젠더 시스템+연령주의 사회에서 이미 아웃된 나의 남근 선망(penis envy) 혹은 히스테리라고 진단하겠지만, 이유야 어떻든 간에, 솔직히 말해서 나는 기형도 같은 '젊은' '남성'에게 적대감을 품고 있다.

중산층(비장애인, 좋은 학벌 등등……) 남성에 한정되겠지만, 남성이고 젊다는 것은 계급과 자원 그 이상의 것이다. 그들은 문화적, 심리적 차원에서 사람들이 욕망하는 그 무엇을 노력 없이 가진 자들이다. 그들의 자원이 자원일 수 있는 것은 성별 사회, 연령주의 사회, 자본주의 사회에서만 가능하다. 그들의 묘한 우월감, 거들먹거림, 나르시시즘, 삶에 시달리지 않은 근육, 고통이나 죽음은 남의 일이라고 생각하는 '쿨'한 척에 나는 욕지기를 느낀다.

물론 이런 피해망상에서 벗어나 현실로 돌아오면 나 역시 기형도를 사랑한다. 어느 날 그의 전집을 읽다가 '소름' 끼치는 구절을 발견했다. 스물세 살의 기형도 일기였다. "그녀와 이별을 암시했다. 통나무집에서 그녀가 키스를 요구했지만 나는 그러지 않았다. 병신 같은 기집애. 어차피 헤어질 우리라면 네가 가까이 올수록 나는 접근할 수 없다. 나에게서 어떤 확신(키스나 밀어)을 얻으려는 너의 태도는 네가 아주 자신감이 없거나 성급히 우리 관계의 어떤 결말을 재촉하는 것이라고 말했다. 혐오감과 동정심……." 이렇게 쓰고 난 후 아주 통속적인 마초로 돌아간 그는 이렇게 덧붙였다. "라면집의 ○○가 생각난다. 머리가 길고 담배를 즐겨 피우던 여자, 추호의 더러움도 느낄 수 없는 여자, 추억만으로도 충분히 사랑할 수 있는 상현달 같은 여자……."

자기를 사랑하는 감정 때문에 고통받는 사람에게 이런 식으로 '도 닦으라' 훈계하면서 사랑받는 자의 여유와 우월감을 과시하는 인간을, 나는 코피가 터지게 주먹으로 패주고 싶다. 자신이 사랑받고 있음을 간파한 자 혹은 자기가 가진 매력을 가지지 못해 힘들어하는 사람에게 권력을 휘두르는 자의 자기도취. 대개 이런 인간들은 자기가 받는 사랑이 영원할 것처럼 오만하다.

　　집착과 질투가 없는 사랑은 '수준 높은' 사랑이 아니라 절실하지 않은 사랑일 뿐이다. 사랑은 나의 감정이 타인의 가슴으로 옮겨 가는 것인데, 어찌 마음을 비울 수 있단 말인가. 마음을 비운다면 아마 마음이 없어지는 거겠지. 혁명적 동지애, 모성이나 부성, 조국애…… 같은 사랑도 사실은 집착과 질투 덩어리다. 스물셋의 기형도처럼(그도 늙었다면 달랐을 것이다.) 타인의 사랑을 구질구질한 집착으로 몰아붙일 수 있는 자신감은, 성숙해서가 아니라 누군가를 사랑하는 취약한 상태에 있지 않기 때문이다.

　　세련된 감정의 소유자라고 자부하는 쿨한 인간도 사랑에 빠지면 들끓는 감정의 불지옥에 빠진다.(이 주제를 다룬 명작은 마사 파인스 감독이 만든, 리브 타일러와 랠프 파인스가 나오는 〈오네긴〉이다.) 따라서 나는 집착과 질투를 타도해야 할 감정으로 생각하지 않는다.

질투만큼 자발적인 고통도 없다. 질투가 어리석다는 것을 몰라서 질투를 멈추지 못하는 사람은 없다. 그래서 질투에 대한 잠언이나 충고처럼 비현실적인 것도 없다. 나 역시 〈질투는 나의 힘〉의 원상(박해일 분)과 비슷한 상태로 오랫동안 고통을 찾아다녔다. 나중에는 지쳐서 질투가 나를 지배하지 않는 평온한 마음조차, 내 것이 될 수 없음을 인정하게 되었다. 그 뒤로는 부대끼고 바닥에 패대기쳐진 것 같은 비참한 감정이 나를 찾아오면, '그래, 너 왔구나' 하며 인사하고 받아들이게 되었다. 질투에 시달리는 나를 포기하고, 내가 통제할 수 없는 또 다른 내가 더는 나의 목을 조르지 않도록 무릎 꿇고 빌 수밖에 없다. 어차피 나는 '연적'만큼 매력적일 수 없었다. 매력에 대한 판단은 주관적이므로, 내 매력을 찾기 전까지는 말이다.

기형도의 시 〈질투는 나의 힘〉에서 사람들이 무릎을 치는 대목은 대개 "나의 생은 미친 듯이 사랑을 찾아 헤매었으나 / 단 한 번도 스스로를 사랑하지 않았노라."이다. 하지만 난 이 구절이 상투적이라고 생각한다. 내가 좋아하는 구절은, "그때 내 마음은 너무나 많은 공장을 세웠으니 / 어리석게도 그토록 기록할 것이 많았구나."

죽기 전에는 끝나지 않을 중독과 집착, 영원을 향한 욕망 때문에 나도 기록을 즐긴다. 기록은 과거를 붙잡는 것이다. 박찬옥 감독의 〈질투는 나의 힘〉에서 원상의 질투도 기록과 같다. 과거의 연애를 현재로 연장하려는 몸부림.

어느 시대나 인간의 삶의 조건은 불평등하기 때문에, 자기에게 결핍된 것을 소유한 타인에 대한 질투와 시기 역시 삶의 조건이 된다. 질투는 인간의 보편적인 심리이기에 질투라는 감정 자체에서 젠더를 따지기는 어렵다. 그러나 이 영화는 질투 방식의 성별성을 세밀하게 묘사함으로써 어떤 면에서는 '공포 영화'의 걸작이 되었다. 또한 질투를 명백히 젠더 이슈로 만들면서 '근대적 사랑'이 어떻게 '탈근대적 연애'에 패배하는가를 보여주면서 한국의 수많은 '새마을 운동'형 인간에게 경고장을 보낸다. 그렇다. 사랑과 연애는 다르다.

이 영화가 왜 공포 영화인가? 배우 박해일의 매력이 압도적이기 때문에 관객은 원상이라는 캐릭터를 엽기적 혹은 비판적으로 보기 힘들다. 젊은 남자 원상은 여자 친구가 변심하자 자신을 이 세상에서 가장 완벽한 피해자로 규정한다. 이런 사람의 특징은 자신이 무슨 일을 저지르는지 모른다는 것이다. '피해자'의 행동은 모두 정당화된다. 몹시 상처받은 '피해자' 원상은 온몸을 면도날과 쌍절곤으로 무장한 채 자신과 접촉하는 모든 여성의 몸에 피를 낸다. 이 영화에 등장하는 여성들은 모두 그에게 상처받는다. 여자 친구 내경(배종옥 분, 1인 2역), 성연(배종옥 분), 혜옥('하숙집 여자', 서영희 분), 윤식(문성근 분)의 딸, 도서관 사서까지. 무서운 것은 귀신이 아니라 사람이다. 그는 관계를 떠도는 괴물이다.

원상은 윤식과의 이길 수 없는 게임에서 비롯된 절망감을 — 대개 여성들처럼 고통의 원인을 자기 탓으로 돌리는 내사(introjection)가 아니라 — 철저히 타인에게 투사(projection)한다. 따라서 그는 가해자지만 '가해자'가 될 가능성은 애초에 없다. 진보, 보수 할 것 없이 젠더 문제만 나오면 '피해자'를 자처하며 여성을 질식시켜야 직성이 풀리는, 인터넷에 널려 있는 한국형 마초의 전형이라 하겠다. '상처'로 인해 그의 생각은 정지되고, 원상의 모든 여성 관계는 윤식과의 관계로 환원된다. 혜옥, 내경, 성연, 윤식의 딸, 원상에게 이 네 여성의 의미는 모두 윤식에게 접근하고 윤식을 연구하고 윤식과 관계 맺고 그로부터 받은 분노와 스트레스를 전가하는 데 동원된다.

질투는 자기 증오이며 자기 몰두이자 결국 자기 도취다. 질투와 성찰은 같은 장소에서 출발하지만 방향은 정반대다. 성찰은 한자[省察]로도 영어[reflexible]로도 모두 재귀적(再歸的) 의미를 갖는다. 끊임없이 자기를 갱신하는 것, 자신에게로 돌아가 스스로 수정하는 사유 과정이다.

성찰은 자기로부터 출발하고 자기로 돌아오는 사유지만, 질투는 질투 대상에 대한 자기 중심적 해석이기 때문에 사고의 중심이 타인에게 있다. 바로 그 의미에서 질투는 자기 중심이 없는 상태다. 따라서 질투하는 자는 자기 불행에 책임이 있다.

내경의 마음이 변한 것이므로 실제로 윤식은 원상에게 해를 입히지 않았지만, 사랑하는 내경을 직접 공격하지 못하는 원상은 실연으로 인한 고통의 책임을 윤식에게 따진다. 윤식에게 고통을 주거나 그런 상상을 함으로써 스스로 위로하고 안정을 찾는다. 이처럼 질투는 자신의 결핍을 직면하지 않는다는 의미에서 도피처이다. 나 자신을 돌보는 대신 상대방에 대한 미움과 분노, 부러움으로 인생을 탕진한다.

원상은 질투 대상을 이상화한다. 그가 보기에 윤식은 믿을 수 없을 만큼 능력 있고 매력적인 인간이다. 윤식을 자신이 도달할 수 없는, 인간의 범주를 뛰어넘는 위대한 존재로 보는 이유는 윤식과의 경쟁을 무의미하게 만들어 자신이 비난받지 않도록 하는 일종의 자기 방어다. 그렇게 뛰어난 윤식이 어떻게 원상의 라이벌이 될 수 있단 말인가? 그러므로 원상의 공격은 지극히 정당한 것이 된다.

그렇다면 누가 원상을 이토록 '분노케 했는가'? 그의 입장에서 그것은 말할 것도 없이 내경이다. 여성은 남성과 달리, 공적 사회 생활에서는 물론 성, 사랑, 가족과 같은 사적 영역 모두에서 정치적 억압을 경험한다. 특히 사적인 영역이라고 간주되는 관계에서 발생하는 여성 폭력을 비롯한 여성 억압은 치명적이다. 그러나 사적인 영역은 유일하게 남성이 여성에게 패배할 수 있는 영역이기도 하다. 회사, 정당, 현실 정치, 노동조합, 국제 정치, 시민 사회…… 이 모든 공적 장소에서 집단으로서 여성이 집단으로서 남성을 억압하거나 상처 입힐 가능성은 거의 없다.

그러나 '합의'된 연애 관계나 침실 등 '개인적' 차원에서는 어느 정도 힘의 전복이 가능하다. 여자의 마음이 떠나는 것은 구조적인 젠더 권력으로도 어찌할 수 없는 지배 불능의 상황인 것이다. 이것이 바로 근대 민주주의의 기본 강령인 '사상과 양심의 자유' 아닌가! 여성은 공적인 영역에서는 국가와 자본의 형태로 조직화된 남성 권력의 지배를 받고 사적인 영역에서는 개별 남성의 폭력과 학대에 시달리기도 하지만, 성과 사랑의 장소에서는 여성의 '무혈 혁명'이 가능하다는 이야기다. 이런 맥락에서 보면 실연당한 남자의 분노가 어떨지 짐작할 수 있다.

윤식은 한국 영화에서 내가 아주 드물게 매력적이라고 생각하는 남성 캐릭터다. 머리 좋은 사람은 열심히 하는 사람을 따를 수 없고, 열심히 하는 사람은 즐기는 사람을 능가할 수 없는 법이다. 그런 의미에서 원상과 윤식의 승부는 이미 결정 난 것이었다.

'상어' 타입인 원상의 사랑이 근대적이라면, '고래' 타입인 윤식의 사랑은 탈근대적이다. 원상은 일부일처제에 기반한 배타적 로맨스로 고통받지만, 윤식은 "마누라에게도 잘하고 애인에게도 잘하면서" 갈등하지 않는다. 사랑에 골몰하여 자아가 훼손된 자의 사랑이, 어떻게 자신의 젊음을 확인하기 위해 감정의 밀고 당김 자체를 즐기는 이의 사랑을 이기겠는가! 원상의 몸은 굳어 있지만, 윤식의 몸은 나른하고 조형적(플라스틱)이다.(두 남자의 섹스 장면을 비교해보라.) 낭만적 사랑의 판타지로 가득 찬 남자(원상)와 사랑의 영광과 오욕을 아는 남자(윤식). 누가 상처받겠는가? 질투로 과거를 사는 남자(원상)와 "후회하며 살고 싶지 않다."는 윤식. 아, 정말 누가 이기겠는가?

　가부장제 사회에서 여성은 남성과의 관계를 통해서 정체성을 획득한다고 간주되므로, 남성과의 사랑은 성 역할이자 생존 수단이 된다. 디 그레이엄의 책 제목대로, 여성은 살아남기 위해 사랑(《Loving to Survive》)한다. 이와는 달리 남성에게 사랑은 자신의 주체성을 실현하는 수단이자 승부를 거는 게임이다. 남자의 사랑에는 필연적으로 여성에 대한 정복과 권력의 은유가 있다. 남성들이 연애 중인 동료에게 흔히 묻는 '어디까지 갔냐'라는 질문은, 여성과의 삽입 섹스가 관계의 종착역이며, 성교를 관계의 기준으로 삼는 남성의 권력이 이미 여성을 대상으로 하여 성애화되었음을 보여준다.

　이 영화의 혜옥은 언론 리뷰에서 이름조차 언급되지 않고 그냥 '하숙집 여자'로 등장했다. '하숙집 여자'. 밥해주고 빨래해주고 몸 '대주는' 여자. 윤식에 대한 패배감과 절망감에 시달리던 원상은 털실 가게에서 혜옥과의 섹스를 통해 박탈감을 보상받는다. 남자들끼리의 싸움에서 지친 남자를 위로해줄 여자는 어디든 널려 있다는 것이다. 남성이 인생에서 진정한 절망을 경험할 수 있을까? 가장 낮은 계급의 남자보다, 가장 모욕당한 남자보다, 더 타자로 존재하는 여성은 항상 남아 있다. '여자'는 '남자'를 위한 충전지다.

난 이 영화를 기본적으로 '남자 영화'라고 본다. 원상으로 인해 내경이 느끼는 위협감과 공포심, 혜옥의 절망과 상처보다는 원상의 심리를 묘사하는 데 초점을 맞추고 있으며 관객역시 남자에 집중하는 이러한 시선에 동조하게 된다. 힘 있는 자, 즉 젊은 남자의 상처가 중요한 것이다. 성연이 한국 영화에서 찾아보기 힘든 상당히 매력적인 여성 캐릭터임에도, 카메라를 장악하지 못하고 두 남자의 관계를 설명하기 위해 스치듯이 그려진 것은, 여성은 남자의 조건이라는 현실을 상기시킨다.

박찬옥, 2002, 한국

누가 말하는가,
누가 듣는가

더 스토닝

몇 년 전 탈북 여성의 현실을 묘사한 동영상이 있었다. 너무 끔찍해서, 일각에서는 남한의 보수 세력이 만든 것이라는 유언비어까지 돌았다. 어쨌든 20년간 가정 폭력을 상담해 온 내게는 익숙한 장면이었다. 처음 언뜻 봤을 때는 한국의 가정 폭력 보도인 줄 알았다. 이처럼 사회(관객)의 인식에 따라 텍스트 수용 방식은 달라진다.

영화 〈더 스토닝(The Stoning of Soraya M.)〉은 1986년 이란의 평범한 마을에서 발생한 실화를 다룬다. 네 남매를 둔 중년 남성이 열네 살 난 소녀와 결혼하기 위해 아내(소라야, 모잔 마르노 분)를 간통녀로 조작해, 마을 사람을 규합해 투석형(投

石刑)에 처한다. 돈 들이지 않고 이혼하기 위해서다. 남성 연대의 위력은 대단했다. 목만 땅 위에 나온 채 묻힌 소라야는 자신의 아버지, 아들, 남편, 이웃이 차례로 던진 돌에 맞아 사망하고 그날 밤 사람들은 축제를 벌인다.

남성의 명예를 지키기 위한 '명예 살인(honor killing)'은 지금도 행해지고 있다. 여성이 간통이나 연애에 연루되어 가족의 명예가 '더럽혀지면' 남자 친족은 여성을 살해하여 '피해자'로서 자신의 명예를 회복한다. 대개 성문법상으로 불법이나, 관습적으론 합법이며 전통으로 여겨진다. 투석 장면은 마지막에 나오고 앞부분에는 마을 사람들의 일상이 묘사된다. 종일 일하는 여성들, 빈둥거리는 남성들, 말끝마다 알라신을 들먹이는 사람들. 모든 장면이 '자연스럽다'.

명예 살인만이 아니다. 황산 테러, 신부 불태우기, 지참금 살인, 음핵 절개, 아내 순장(殉葬)……. 많은 사회에서 여성에 대한 폭력은 다양하게 나타난다. 편안한 영화는 아니었지만 내겐 그다지 충격적이지 않았다. 차이가 있다면 내가 목격하는 폭력은 주로 안방에서 일어난다는 점이다.

우리 사회의 가정 폭력이나 여아 낙태 문제가 영화로 만들어져 전 세계에 방영된다면 〈더 스토닝〉이 불러일으킨 반응과 비슷할 것이다. 미국이나 유럽의 성폭력이나 인신매매도 잔인하긴 마찬가지지만, 서구는 여성 문제 외에도 정치·범죄·농업·경제·문화 등 다양한 모습이 보여지기 때문에 여성 폭력이 사회 문제의 일부분으로 인식되지만 '후진국'의 여성 현실은 그 사회의 미개한 본질로 간주된다.

　　누가 말하는가보다 누가 듣는가가 중요하다. 이 영화의 경우 내용보다 영화의 효과, 곧 관객의 반응이 '진짜' 정치학이다. 〈더 스토닝〉에서 가장 의미심장한 대사는 자흐라(쇼레 아그다쉬루 분)의 "내 목소리를 가져가라."이다. 숨겨진 범죄를 세상에 알려 달라는 외침을 들은 사람이 지녀야 할 윤리적 태도는 무엇일까. 자흐라는 외지에서 온 프랑스인 저널리스트를 붙잡고 자기 이야기를 녹음해 달라고 부탁한다. 저널리스트 역을 맡은 남자 배우는 TV 미니시리즈 〈퍼슨 오브 인터레스트(Person of Interest)〉의 주인공인 제임스 카비젤이다. 이 영화에서도 정의로운 인물로 나온다.

　　현실의 재현은 종종 현실을 대상화해, 현실로부터 인간을 분리해낸다. "우리는 아니다."라고 안도하거나 마치 우리에게는 일어나지 않는 사실처럼 '충격'만 받는 것이다. 심지어 이란 사회에서도 이런 일은 '시골'에서나 일어나는 일로 치부해

버리는 경우가 많다.

　　유대인 학살은 근대성의 모순이고 돌팔매질은 봉건적인 관습인가? 과도한 다이어트로 사망하는 서구 여성은 차도르를 둘러야 하는 여성보다 더 자유로운가? 이는 오래된 논쟁이다. 이슬람(아시아·아프리카……) 여성이 마주한 폭력의 현실을 '비서구' 사회 야만성의 상징으로 인식한다면, 그건 새로운 식민주의다.

사이러스 노라스테, 2008, 미국

상처와
응시

거북이도 난다

전쟁을 원하는 세력의 입장에서, 전쟁과 평화가 명확히 구분
되어야 할 이유는 너무나 많다. 그러나 일상적으로 성폭력 위
협에 노출된 여성들에게, 전쟁과 평화의 구분은 가해 남성이
누구인가의 차이에 지나지 않는다. 대개, 가해자가 외국 군인
일 때만 전쟁 상태로 간주되곤 한다.

전쟁의 양상은 다양하지만, 여전히 인간의 몸은 취약하
다. 으스러진 다리, 죽을 때까지 흐르는 피, 밤새워 지르는 비
명, 벌어진 살 사이로 쏟아지는 내장…… 우리는 말할 수 없음
은 곧 설명할 수 없음을 의미한다고 배웠다. 그러나 설명할 수
없음은, 실제로는 불쾌해서 설명하기 싫다는 뜻일지도 모른

다. 도대체 어느 누가, '평화 시'에 이런 참혹한 이야기를 들으면서 눈물 흘리고 싶어 하겠는가.

문제는 언어 없음이 아니라 세상은 언제나 잘 굴러가고 있다고 스스로 안심시키는 심리, '고상한' 삶을 추구하는 데 있다. 쿠르드 출신 감독 바흐만 고바디의 〈거북이도 난다〉는 전쟁의 고통에 대해 말함으로써, 타인의 고통에 개입하고 싶어 하지 않는 '쿨'하고픈 관객들에게 살아 움직이는 '상처'를 준다. 이라크, 터키, 시리아 등지에 흩어져 나라 없이 살아가는 쿠르드인은 약 4천만 명, 4천만 명이다! 세계 최대의 유랑 민족이다. 이들은 이라크에서 학살당하고, 미국에 배반당하고, 터키에서 억압당하는 신세다. 1988년 후세인은 생화학 무기로 쿠르드인 5천 명을 몰살했다. 당시 인종 청소로 희생된 쿠르드인은 18만 명이 넘었으며, 80만 명의 난민이 생겼다.

영화에서, 현실에서, 쿠르드 아이들은 팔과 다리를 잃은 채 물을 찾아 지뢰밭을 헤맨다. 열 살도 안 돼 보이는 어린 소녀는, 부모를 죽인 이라크군에게 강간당해 아이를 출산한다. 이들에게 '모성'이나 '어린이'라는 말을 적용할 수 있을까. 너무나 끔찍해서 언어의 대상으로 삼기는커녕 무의식에서조차 떠올리기 힘겨운 전시 강간은 전쟁과 평화의 경계를 무너뜨린다. 전쟁 후에도 성폭력은 계속된다. 그러나 어느 사회나 전시 뿐만 아니라 '평화 시'에도, 성폭력의 고통을 인간 삶의 일부로 진지하게 논의하는 경우는 드물다.

쿠르드 소녀의 고통처럼 전쟁은 성별적이다. 가부장제 사회에서 여성의 몸은 남성 명예의 저장소이자 영토, 혈통의 상징으로 간주되어 남성 집단 간 전쟁터가 된다. 여성의 신체 기관이 공간의 명칭을 갖는 것도 이 때문이다. '자궁(子宮)'은 아들이 사는 곳을, 영어의 버자이너(vagina, 질)는 남성의 성기를 상징하는 칼이 머무는 '칼집'을 의미한다. 질의 한자[膣] 역시 방(室)이라는 글자를 포함한다. 남성 문화는 '자기 여성'의 몸을 통제하고, 다른 남성 집단에 속한 여성의 몸을 침범(강간, 납치)함으로써 남성성을 경쟁한다. 이러한 의미 체계로 인해, 근대전의 특징인 절멸 전쟁에서 피점령지 여성에 대한 집단 성폭력과 강제 임신은 '인종 정화'로 합리화된다. 다른 나라에 대한 침략과 정복은 곧 '자궁 점령'을 의미한다.

1995년 제네바에서 열린 유엔 인권위원회에 참가한 인권 단체들은 제네바 헌장이 강간을 '명예를 침해하는 범죄'로 규정하고 있음을 비판한 바 있다. 아직도 많은 이들이 성폭력을 인간에 대한 고통으로 인식하기보다는 남성 공동체의 명예 훼손으로 보고 있다. 그 이유로 강간당한 여성은 자신이 속한 남성 공동체가 수치심과 굴욕감을 느끼지 않도록 피해를 숨기고 침묵해 왔다.

'침묵당함'은 또 다른 폭력이다. 상처를 숨기는 대신, 〈거북이도 난다〉에서처럼 고통에 대한 설명 불가능성을 향해 돌진하는 것, 자기 상처를 응시하는 것이 평화의 시작이라고 생각한다. 전쟁이 '간헐적' 폭력이라면, 전쟁과 평화의 분리는 우리 삶을 구성하는 일상적 폭력이다. 영화는 피 흘리는 자신을 드러냄으로써 타인에게 말 걸기를 시도한다. 절박하게. 일상적 폭력을 평화라고 믿는, 침묵하는 모든 이들에게 말을 거는 것이다. 고통스럽지만 아름다운 영화다. 참혹함과 아름다움은 양립할 수 있다.

바흐만 고바디, 2004, 이란

슬픔의 강을
건너는 방법

슬픔의 노래

소설에 비하면 드문 편이지만 희곡을 영화로 만든 작품들이 있다. 제법 많다. 아리엘 도르프만의 희곡을 영화화한 로만 폴란스키의 〈죽음과 소녀(Death and the Maiden)〉(1994년)가 가장 기억에 남는다. 우리말 제목은 〈시고니 위버의 진실〉인데, '연극적인 영화'치고는 신(scene)이 제법 많다. 이 영화에서 시고니 위버는 압도적이다. 시고니 위버는 SF 영화보다 드라마에 더 잘 어울리는 배우다.

　　아, 진짜 무서웠고 며칠 동안 '기분이 나빴던' 영화, 니콜 키드먼이 나온 라스 폰 트리에의 〈도그빌(Dogville)〉(2003년)도 있다. 〈도그빌〉은 아예 칠판에 분필로 표시를 해 가며 배우들이 움직이는 영화다. '실험 연극' 수준의 영화였다.

이 글은 이 책에서 유일한 연극 이야기다. 나는 연극에 무지하다. 고등학교 때 난생 처음 연극을 보았는데 바로 유명한 사무엘 베케트의 〈고도를 기다리며〉였다. 열여섯 살, 나는 그때 고도(Godot)가 고도(高度)나 고도(古都)쯤 되는 줄 알았다. 그때도 나의 지적 허영심은 대단했지만 긴 공연 시간을 견딜 정도는 아니었다. 무대 위, 두 사람이 담요 같은 것을 뒤집어쓰고 알 수 없는 소리를 주고받는데, 죽어도 연극이 끝날 것 같지 않았다. 내 인생에서 그렇게 쏟아지는 잠과 싸운 적은 없었던 것 같다.

이후 내가 본 연극을 꼽자면, 바를 정(正) 자를 못 쓸 정도다. 김지숙의 모노 드라마 〈로젤〉을 보고서야 "아, 연극이 이런 거구나, 배우란 대단하구나."라는 생각이 들었다. 김지숙의 에너지는 활화산 같았다. 공연 중에 배우가 죽으면 어쩌지, 싶을 정도였다.

연극 〈슬픔의 노래〉의 원작은 정찬의 동명 중편 소설, 제26회 동인문학상 수상작인 〈슬픔의 노래〉다. 연극하는 사람이라면 이 소설을 무대에 올리고 싶은 이들이 많았으리라. 소설 〈슬픔의 노래〉는 문장의 서술이 '연극적'이라는 평이 많았는데, 소설의 주인공도 연극배우다. 원작이 명문장이라 연극도 좋은 대사가 많다. "배우는 무대를 견뎌야 한다. 견디지 못하는 순간 무대가 배우를 삼켜버린다." 인생과 예술에 대해 이만 한 비유가 없다.

이 연극은 1995년~1996년 처음 공연되었고 많은 상을 받았다. 20주년을 기념하여 2016년에 원년 멤버인 '레전드' 팀과 '뉴 웨이브' 팀으로 더블 캐스팅해 무대에 다시 올렸다. 나는 두 번 모두 보았다. 두 번째도 원년 멤버인 박지일이 나오는 '레전드' 팀 공연으로 보았다.

최근 본 작품 리플릿에 배우들의 대담이 실렸는데 '젊은' 팀의 주인공인 김병철이 이렇게 말한다. "눈 뜨면서부터 공연 끝나는 순간까지 계속되는 긴장감. 무대 위에서의 두려움. 컨디션에 대한 부담, 그런 것들을 다 견뎌야 하는 나와 동료들의 모습이 쓰리고 아프고, 그러다 문득 '내가 지금 뭐 하는 거지?' 하는 그런 혼란스러운 시기에 이 작품이 왔어요. 그래서 배우란 그 누구보다 깊숙이 자기 내면을 들여다봐야 한다는 말을 계속 생각하게 돼요."

배우에게만 해당되는 이야기일까. 모든 작가, 예술가, 운동선수들이 그럴 것이다. 나처럼 생계를 위해 글을 쓰는 사람도 그럴진대⋯⋯. 나의 일상을 묘사하는 것 같았다. 좁혀서 말하면, 나의 두려움과 긴장감은 확실하다. 솔직히 말하면, 말할 수 없는 피로감이다. 머리가 'OFF'되지 않는 상태. 긴장이 일상이 되어서 그런지, 감기에도 잘 안 걸린다. 몸은 늘 계엄 상태다.

주인공 박운형은 '80년 광주'에서 군인으로서 가해자였다. 작품은 주인공의 죄의식을 다루지 않는다. 오히려 그는 광주의 기억 때문에 배우가 되었다. "칼이 몸속으로 파고들 때 칼날을 통해 생명의 경련이 손 안 가득 들어오지요⋯⋯. 생명의 모든 에너지가 압축된 움직임⋯⋯ 한 인간의 생명이 이 작은 손 안에 쥐어져 있다는 것이죠⋯⋯. 그것은 상상할 수 없는 쾌감입니다." 그는 무대 위에서만은 죄의식의 갑옷을 벗을 수 있다는 사실을 알고, 방황 끝에 배우가 되었다. 즉, 그가 연기를 계속하는 이유는 살인의 쾌락을 계속 즐기기 위해서다.

이 연극 혹은 소설을 깊이 있게 즐기기 위해서는 '3대 요소'가 필요한데, 폴란드의 작곡가 헨리크 구레츠키, 배우와 관객에게만 집중하는 '가난한 연극(Poor Theatre)'의 이론가인 연출가 예지 그로토프스키 그리고 아우슈비츠와 광주이다. 가난한 연극은 조명, 음향, 의상, 분장 등을 최소화하고 배우와 관객에게만 집중하는 연극이다. 배우, 관객, 무대만 있으면 연극이 성립된다. 관객은 수동적 관람자가 아니라 초대된 증인이다. 가난한 연극은 아우슈비츠와 광주가 상징하는 고통과 죄악, 권력과 폭력에 관한 질문을 관객과 함께 던질 수 있는 최적의 형식일 것이다.

예술가는 어떤 존재여야 하는가. 슬픔의 강은 사람과 사람 사이에서 끊임없이 흘러가지만, 그 강이 있는지조차 모르는 사람이 많다. 예술가는 이 강의 존재를 일깨운다. 이러한 사고에서 '순수'니 '참여'니 하는 말은 아예 논외다. 이렇게 걸작은 기존 담론의 전선(戰線)을 이동시킨다.

주인공은 세상을 아는 듯 '비관적이다'. "강을 건너는 방법은 두 가지가 있지요. 배를 타는 것과 스스로 강이 되는 것. 대부분 작가들은 배를 타더군요. 작고 가볍고 날렵한 상상의 배를." 나는 이 대사처럼 상상력을 정확하게 정의한 경우를 알지 못한다. 상상력은 상상하는 행위가 아니다. 상상력은 다른 생각이다. 내가 서 있는 자리, 위치를 바꿀 때 새롭게 생성되는 다른 정치적 입장, 공간을 의미한다. 위 대사가 비판하는 상상력이란 현실에 발을 담그지 않은, 현실에 무지한 혹은 현실을 이용하는 이들이 예술이라는 이름으로 행사하는 '생각

없음'일 뿐이다.

스스로 강이 될 것인가, 배를 탈 것인가⋯⋯. 어떻게 살 것인가. 누가 자기 몸을 강으로 삼겠는가. 스스로 강이 되기를 선택한 사람은 얼마나 외로울 것인가. 아니, 요즘 같은 세상에 강이 된 경우와 배를 탄 경우를 구별이나 할 수 있겠는가.

소설을 읽고 나는 이미 탈진했기 때문에, 공연은 예방 주사를 맞고 본 셈이다. 처음 봤을 때는 원작의 발상에 놀랐고 (어떻게 이런 작품을 쓸 수 있을까!), 두 번째 봤을 때는 20년이 지난 박지일의 모습이 내내 남았다. 당연히 첫 번째 공연과 같은 몸이 아니었다. 이 작품의 등장 인물은 세 명인데, 작품의 주인공인 연극배우 역에 무게가 쏠려 있을 수밖에 없다. 극의 주제와 대사의 내용도 만만치 않다. 모든 대사에 몸의 기운을 다 동원해야 한다. 배우는 말할 것도 없고 관객도 고통받는 작품인데, 이번에 보니 무대가 배우를 삼키기 전에 시간이 배우의 몸을 삼킬 것 같았다. 배우는 몸으로 살다가 무대에서 쓰러진다는 말이 실감났다. 어떤 예술은 젊은 날에만 가능한가 싶어 약간 우울했다.

김동수 연출, 2016, 한국

3

젠더, 텍스트, 컨텍스트

'정치적인' 남성,
'비정치적인' 여성?

송환

당대의 위대한 텍스트 〈송환〉을 비전향 장기수와 김동원 감독
에 대한 존경과 감동, 분노와 질투의 이중 감정 없이 평면적
으로 읽을 수 있는 페미니스트는 드물 것이다. 이러한 갈등은
'한국 여성'의 위치에서만 가능하다. '그들만의 리그'에서 벌
어지는 남성에 의한, 남성을 위한, 남성의 역사에서, 역사의
국외자이자, 지배 남성과 피지배 남성 모두에게 억압당한 피
해자이며, 동시에 그들과 같은 한국인이고 싶은 여성의 관점
에서 비전향 장기수를 다른 방식으로 읽으려는 시도는 윤리적
이고 정치적인 갈등을 동반할 수밖에 없다.

가장 안전한 방법은 (아마도 가능하지 않겠지만) 좌우 중립,

성별 중립적인 시각에서 인간의 고통에 대한 예의로 이 영화에 접근하는 것이다. 고문의 고통 때문에 먼저 죽은 동지가 부러웠다는 고백, 북한으로 송환되기 직전 40여 년 전의 체포 현장을 돌아보며 동지가 피 흘린 땅의 흙을 퍼 담는 장면, 45년 만에 출소하여 어머니가 간절히 보고 싶은 김선명에게 임종 직전의 어머니를 못 만나게 하고 무덤조차 알려주지 않는 가족들, 감옥살이에 익숙해져 출소가 두려운 어느 장기수의 "제발 나를 내보내지 마세요."라는 대사, 남북정상회담에서 김정일과 김대중의 역사적인 악수가 "돈으로 산 것"이라는 보수 세력의 비방에 대해, 만일 그렇더라도 무기 사는 돈보다는 훨씬 적은 돈이라는 감독의 내레이션에, 엉엉 울지 않은 관객은 없었으리라 생각한다.

〈송환〉의 주인공들은 북한이 그런 잘못을 할 리가 없다고 믿기 때문에 납북자의 존재를 부정하고, 성폭력은 한국의 젠더 문제 때문이 아니라 외세 문화의 산물이므로 화성연쇄살인 사건의 범인이 미군이라 확신한다. 30~40년을 감옥에서 보낸 사람이 성 평등 의식이 없다고 해서, 북한 사회주의를 아직도 맹신한다고 해서, 매사에 계몽적이고 설교조라고 해서 그들을 비판할 수 있는 '윤리적 위치'에 있는 사람은 없다. 현실적으

로 그들과의 소통은 그들의 고통을 위대한 역사로 인정한 후
에만 가능해진다. 나는 한국 사회가 그들과 대화할 언어를 가
지고 있지 않다고 생각한다.

감독은 이 영화가 장기수를 특별한 사람으로 보지 않는
데 일조하기를 바랐지만, 그들의 몸에 새겨진 이성과 감정의
극단 저 너머에 존재하는, 독특하게 비극적인 한국 현대사는
너무나 '어마어마'해서, 그들은 존재 자체로 우리를 침묵시킨
다. 그러므로 이 영화를 여성주의 시각에서 읽으려는 나의 시
도는 무모하다. 그러나 여성주의적 독해가 장기수의 고통, 감
독의 노고와 빛나는 재능, 치열한 시대 정신, 놀란 만한 윤리
성을 높이 평가하고 깊이 존중하는 것과 양립할 수 없다고 생
각하지는 않는다. 나는 이 영화를 '이견 없는 걸작'이라기보다
'논쟁적인 걸작'으로 읽고 싶고, 이러한 방식의 독해가 감독과
주인공들을 더 존중하는 태도라고 생각한다. 〈송환〉에 대한
나의 비평은 텍스트 자체라기보다는 영화의 콘텍스트 즉, 이
세계의 남성성에 관한 것이다.

〈송환〉의 첫 장면은, "다큐멘터리가 세상을 바꾼다는 말
을 믿었던 나도 어느새 두 아이의 아버지가 되어 '생활의 유
혹'(따옴표는 나의 강조)을 느끼던 무렵이었다."라는 감독의 내

레이션으로 시작한다. 12년간 촬영한 독립 영화 〈송환〉의 제작 환경이 어떠했으리라는 것은 짐작하고도 남는다. 감독이 '생활의 유혹'을 느끼지 않고 돈이 되지 않는 초월적이고 창조적인 영화 작업을 할 수 있었던 것은, 아마도 그의 아내가 생계와 육아, 가사를 모두 책임졌기 때문은 아니었을까. 남성이 "다큐멘터리가 세상을 바꿀 수 있다."는 정치적 신념을 포기한 '후에나' 느끼는 '생활(생계)의 유혹'은 대부분의 여성들에게는 유혹이 아니라 일상적 노동이요, 존재의 조건이다.

거의 모든 장기수들에게 어머니는 특별하다. 어머니를 그리워하며 고통의 시간을 견딜 수 있었고, 고향의 품으로 돌아갈 시간을 염원한다. 그런데 영화의 첫 자막은 "이 영화를 (아내와 어머니가 아니라 더구나 반공주의자인) 아버지에게 바친다."이다.

사실, 비전향 장기수의 위대함 그리하여 텍스트 〈송환〉의 위대함은 남성 중심 사회의 가장 중요한 법칙인 역사와 일상은 대립하며, 정치적인 것과 '사적인 것'은 구별된다는 이원론에 바탕을 둔다. 물론 이러한 이원론은 성별화된 방식으로 위계화되어야만 실현 가능하며, 이때 고결한 가치는 일상과 '개인적인 것'을 무시하고 초월적 가치에 헌신하는 상황에서만 얻어진다.

영화에서 비(非)전향과 미(未)전향은 다르다. 살인적인 고문과 폭력에도 전향하지 않았다는 뜻인 비전향은 장기수 관점이고, 전향하지 않을 사람은 없다는 전제에서 아직 하지 않았다는 의미의 미전향은 남한 독재 정권의 시각이다. 전향 후 출소한 장기수들은 고문으로 인한 몸의 고통을 초월하지 못했다는 수치심에 괴로워하는 반면, 비전향 장기수 중 일부는 "나는 그들과 다르다. 전향과 비전향이 종이 한 장 차이는 아니다."라며 숨길 수 없는 자부심을 드러낸다.

44년간 투옥되었다가 석방된 안학섭은 남한 인권 운동 진영이 판관의 자세로 수감 연수에 따라 장기수의 등급을 매기고 상품화한다며 '꽃다발 사건'을 강하게 비판한다. 영화의 출소 환영식 장면에서 45년간 수감되었던 김선명은 가장 화려한 꽃다발을 목에 걸고 있고, 44년, 38년 살았던 사람들은 수감 연수에 따라 꽃다발의 질과 꽃송이에서 큰 차이가 난다. 이러한 남한 인권 운동 진영의 수준과 살인 놀음의 고문을 가했던 남한 당국, 송환 이후 체제 선전에 몰두하는 북한이 제작한 사진집 제목 《우리는 금방석에 앉았습니다》(송환 장기수의 북한 생활을 담았다)에서, 나는 남성 젠더들의 공통적인 비극을 느겼다. 야만!

　유례없이 참혹한 한국 현대사에서 전쟁과 국가 폭력의 희생자는 극단적으로 성별화된 주체이기도 하다. 역사의 주체이자 행위자로 간주되는 남성은 장기수 '선생님'이고, 남성 역사의 부산물로 간주되는 위안부 여성은 비정치적인 존재로서 '할머니'다. 좌·우파를 막론하고 남성 담론에서 일본군 성노예로 끌려간 여성은 민족의 수치이며, 국가 간 전쟁이 만들어낸 가장 비참하고 '더러운' 피해자로 여겨진다. 그러나 장기수 남성은 '의미 없는 이데올로기 전쟁의 피해자'일 수도 있겠지만, 대부분의 관객들에게는 정치적 신념과 의지의 화신으로서 인간 의식의 가장 정화된 형태를 보여주는 주체 중의 주체이다. '빨갱이'로 불리는 것조차 그들의 정치적 주체성을 웅변한다. 아직도 레드 콤플렉스와 연좌제의 공포에 떨고 있는 가족을 수십 년 만에 만난 어느 장기수가 자리에 앉자마자 "내가 반북 반공 이데올로기에 찌들어 있는 너희 의식을 해방시키겠다."라고 말하는 장면은 이들의 '과잉 주체성'의 절정이다.

　어떤 의미에서 비전향 장기수는 남성 사회가 지향하는 중요한 가치인 현실 초월성, 절제와 극기의 고결함을 체현한 가장 아름다운 남성이다. 아이에게 젖을 먹이고, 밥을 짓고, 관계 속에서 자아를 형성하며, 항상 타인을 걱정해야 하는 여성들은 도달할 수 없는 가치이다. 물론 이러한 가치를 실현할 수 있는 남성은 남성들 중에서도 중산층, 지식인 남성에 국한된다. 영화에서도 지식인 출신의 장기수 김석형과 소박한 노동자 출신인 조창손은 대비되는 인물이다. 김석형은 학식이 풍부하지만 매사 가르치려 하고 사람들과 어울리지 못한다. 반면, 조창손은 빨래, 설거지 등 온갖 '하찮은' 노동을 도맡아 하며 동네 아주머니들과 그들의 '남편보다 나은' 질 높은 대화를 할 수 있는 능력의 소유자다. 전자는 남성 젠더, 후자는 여성 젠더의 실천임은 말할 것도 없다.

안기부와 타협해 출판할 수 있었다고 알려진 '남파 간첩' 출신 장기수 김진계의 생애 구술사인 《조국: 어느 '북조선 인민'의 수기》(김진계·김응교 공저, 현장문학사, 1990)에는 '재미있는' 내용이 나온다. 북한에서 대남 파견 활동가 훈련을 담당한 총책임자는 교육을 마친 주인공에게, "잡히더라도 자살하지 마라, 고문당하면 고통받지 말고 전향해서 사회로 나가라, 현실에서 패배하는 자는 공산주의자가 아니다. 끝까지 살아남아라."라고 당부한다.

나는 피델 카스트로보다 체 게바라를 높이 평가하지 않는다. "스무 번의 혁명보다 한 번의 발전이 더 힘들다."고 고백한 카스트로에게서 훨씬 더 치열한 혁명 정신을 발견한다. 모든 '악'과의 전면 단절을 제시한 체 게바라의 입장은 매우 투명하고 단순 명확하다는 점에서 근대적이고 그만큼 비현실적이다. 체 게바라의 높은 수준의 의식, 엄격한 도덕성, 이타주의적 품성은 어떤 의미에서는 현실에 몸담지 않은 극소수 남성 혁명가만이 실현할 수 있는 가치이다. 만일 체 게바라가 살아서 계속 쿠바 혹은 다른 사회주의 국가를 이끌었다면 어땠을까? 그의 노선은 너무나 원칙적, 금욕주의적이어서 더 억압적이고 고립적인 체제의 형성에 기여했을 가능성이 높다.

〈송환〉의 주인공들은 한결같이 자신의 비전향 투쟁은 이념을 지키기 위한 것이 아니라 '강제로 머리를 돌리려는' 전향 공작의 폭력성에 대한 저항이었다고 말한다. 감독 역시 자신은 자유주의자로서 "장기수 선생님들을 완전한 존재가 아닌 보통 사람으로 그리는 것에 가장 주력했다."고 강조하지만, 이 말은 역설적으로 이미 비전향 장기수를 '완전한 인간'으로 보고 있음을 드러낸다. 영화가 진행될수록 이들은 30~40년 동안 수감 투쟁을 수행한 간단없는 혁명가로 묘사된다.

감독이 이 세상에서 가장 순박한 사람으로 소개한 (내가 보기에도 그렇다) 장기수 김영식은 모진 고문을 당할 때, "세상의 어머니들이여! 아들을 낳으려면 제발 나이팅게일 같은 남자를 낳아주세요."라고 간절히 기도했다고 말한다. 고문자를 낳은 사람도 고문당하는 사람을 낳은 사람도 여성이라는 얘기다. 한때 깡패 시라소니의 친구였던 자신의 젊은 시절을 자랑스러워하는 어느 장기수의 회고나, 조선일보 칼럼니스트와 동향에다 동창임을 강조하는 장면, 학군단 출신 감독이 군사 지역 촬영을 막는 장교에게 "자네 몇 기인가? 난 16기야."라는 한마디로 촬영에 성공하는 장면 등은 〈송환〉이 이념이 아니라 기본적으로 젠더 드라마임을 보여준다.

〈송환〉은 국가 폭력의 피해자(〈선택〉, 〈레드 헌트〉, 〈잠들지 않는 함성, 4·3항쟁〉), 무당(〈영매—산 자와 죽은 자의 화해〉), 기지촌 매춘 여성(〈나와 부엉이〉), 전시 성폭력 피해 여성(〈낮은 목소리〉) 등 사회적 타자를 그린 정치 다큐멘터리에서 흔히 제기되는 논쟁인 재현 대상에 대한 타자화, 희생자화, 대상화, 피해 사실의 선정주의 문제를 극복한 뛰어난 작품이다. 즉, 정치적으로 금기인 소재를 다루는 다큐멘터리 제작 과정의 필연적 갈등인 감독의 윤리적, 정치적인 딜레마와 고통받는 사람들을 선전하고 대변해야 한다는 자기 억압이 이 영화에서는 거의 느껴지지 않는다.

　왜일까. 이는 오랜 제작 기간 동안 감독의 철저한 참여 관찰, 운동가로서 감독의 정체성, 탁월한 다큐멘터리 작가로서 감독의 재능과 성실성 탓이 크지만, 나는 더 근본적인 이유가 있다고 생각한다. 변영주 감독의 〈낮은 목소리〉 시리즈는 위안부 '할머니'의 대상화, 탈성애화 문제와 관련하여 지속적인 논쟁거리를 제공한다. 〈낮은 목소리〉가 위안부 여성을 피해자화, 타자화했다는 뜻이 아니라, 페미니스트 감독이라 할지라도 감독과 정신대 피해 여성 사이에는 동일시가 불가능한 거리가 애초부터 존재할 수밖에 없다. 페미니스트 감독 역시 여성의 경험과 목소리가 비가시화된 사회에서 살아가기 때문에 남성 사회의 여성 이데올로기에서 자유롭지 못하다. 더군다나 남성의 시각이 깊게 침윤된 전시 성폭력 이슈를 여성의 시각에서 다루고자 할 때는, 기존의 자기를 버리는 뼈를 깎는 훈련과 새로운 감수성이 요구된다. 이는 그 자체로 자신과 세상에 대한 투쟁이 된다. 우리는 모두 그 과정에 있기 때문에, 페미니스트이자 재현 주체인 감독과 피해 여성이자 재현 대상인 '할머니'가 구분될 수밖에 없다. 〈낮은 목소리〉의 '할머니'들은 자신과 완전히 다른 세대인 '젊고 유복한 환경에서 자란'

감독이 자신의 고통 경험을 이해하리라 기대하지도 않고, 감독과 자신을 여성 범주로 동일시하지도 않는다.

그러나 〈송환〉에서는 감독과 장기수 사이에 이런 거리가 없다. 감독이 반공주의자가 아닌 한(혹은 반공주의자라 할지라도) 감독과 장기수는 "모두 남성이기 때문이다." 남성이 남성이 되는 과정에서는 남성 내부의 타자가 필요하지 않기 때문이다. 페미니스트 감독은 정신대 '할머니'를 타자화하지 않으려고 노력하지만, 적어도 장기수에 대한 남성 감독의 태도처럼 존경하거나 거룩한 존재로 우러러보기는 힘들다. 반면 정치 의식이 탁월한 남성 감독에게 장기수는 존경하는 선배이자 동지이며, 감독 자신과 연장선상에 있는 같은 민족 (물론 남성) 구성원이다. 남성과 여성의 역사는 출발선이 각각 다르다. 남성은 새로 시작할 필요 없이 '아버지'의 어깨 위에 앉아 여성이 배제된 인류의 지적 전통을 자연스레 전수받으며 세계를 조망하기 때문에 자신의 경험과 지배 언어가 일치한다. 그들은 언어가 없어서 고통받을 필요가 없다. 장기수에 대한 감독의 시선은 자기 자신에 대한 시선과 동질적이다. 그런 의미에서 이 영화의 걸출함은 수천 년간 진행되고 있는 남성 사회의 인식론에 상당 부분 '편승'한 것이고, 그 물적 토대는 타자화

된 여성 집단의 외로움, 노동, 고통이다. 그래서 나는 〈송환〉
을 여성사로 읽는다.

김동원, 2003, 한국

북한 남성
판타지

강철비, 의형제, 용의자, 공조

2000년에 제작된 〈공동경비구역 JSA〉는 평단과 대중의 사랑을 듬뿍 받은, 남북 관계를 다룬 영화의 전환점이었다. 반공 영화의 선악 구도를 벗어난 것은 물론이고, 분단에 대한 인도주의적 문제 제기와 남성들 간의 우정을 그려 '퀴어' 영화로도 읽혔다. 마지막 가슴 아픈 장면, 카메라를 가리는 이병헌의 하얀 장갑을 기억하는 이들이 많을 것이다.

주지하다시피 이 영화는 박찬욱 감독의 본격적인 도약을 알렸다. 하지만 이때까지만 해도 북한 남성은 '송강호'였고, 남한 남성은 '이병헌'이었다. 이전까지 남북 관계를 다룬 영화에서 '외모'는 곧 체제를 뜻했다. 배우의 외모와 캐릭터가 정치학이었다. 지금 중국 동포('조선족')가 그려지는 방식처럼 말이다. 공간도 남한 사회가 아니라 그야말로 '공동' 구역이었기 때문에, 그들의 가족이나 사회 생활은 드러나지 않았다.

이 영화에서 송강호, 이병헌은 그들의 역량에 관계없이, 그간 남한 사회에서 묘사해 온 북한과 남한의 얼굴의 전형에서 벗어나지 못했다. '자이니치(재일 조선인)'인 강상중 교수는 일본 사회에서 남북의 이미지가 '김정일'과 '배용준'으로 대비되는 와중에, 자신의 위치를 묻는 책을 쓰기도 했다.

한국 사회는 지난 10년간 혹은 20년간 '한강의 기적'보다 더 압축적인 변화를 겪고 있다. 특히 젠더 관계는 저출산, 비혼으로 이어지며 한국 사회를 근본적으로 변화시켰다. 여성들의 변화는 급진적이다 못해 '전투적'이다.

여성들의 변화는 남북한 영화에서 남자 배우의 캐스팅을 좌우하는 상황에 이르렀다. 투자자들이 고민하는 문제는 남북 관계가 아니라 주요 관객층의 기호다. 무대는 남한으로 완전히 이동했고, 한국 남성과 북한 남성의 비교가 뚜렷해졌다. 북한 남성 역할은 당대 최고 '미남' 배우들이 맡기 시작했다. 큰 키와 '완벽한 비율', 잘생긴 얼굴은 기본이다. 정우성(〈강철비〉), 강동원(〈의형제〉), 공유(〈용의자〉), 현빈(〈공조〉), 김수현(〈은밀하게 위대하게〉)……. 이들의 돈과 장비는 비록 제이슨 본에는 미치지 못하지만, 모두 북한의 최정예 요원으로서 뛰어난 두뇌와 강철 같은 체력의 소유자들이다. 게다가 이들은 인권과 평화 의식, 조국애, 공동체 의식에 정의감까지 갖춘 '완벽한' 남자들이다.

이에 비해, 그들의 파트너인 남한 남성들은 무능력한 속물, 부패하고 돈밖에 모르는 '기러기 아빠', '이혼남', 성 산업의 주요 고객이자 대개는 각자 속한 조직에서 경쟁에 실패한 낙오자로 그려진다. '국적'이라는 거리감을 빼면 북한 남성은 남한 남성과 비교할 수 없을 정도로 매력적이다. 북한 남성은 찢어진 러닝 셔츠만 입고 공사장을 헤매도 '모델 같으며', 남한 사회에서 자신과 같은 처지의 타자(이주 여성)에게도 인간미를 발휘한다. 말기 암의 고통 속에서도 가족, 개성 공단의 여성 노동자를 걱정하고 자신의 책임을 다한다.

많은 관객과 비평가들이 꼽는 이 영화들의 공통점은, 가족을 매개로 하여 두 체제의 남성들이 친밀해진다는 것이다. 영화의 주인공들은 가족으로 인한 고민과 고통이 있다. 남한 남성들의 가족은 대개 '결손' 상태이고, 북한 남성의 가족은 정치적으로 볼모로 잡혀 있거나 경제적 문제로 실종된 상태다. 남한 남성이 가정을 대하는 태도에는 책임감 실종은 물론 루저 의식에다 자기 맘대로 안 되는 가족을 향한 분노가 가득한 반면, 북한 남성은 가족을 구해야겠다는 책임감으로 어떠한 고통도 감수한다. 아내와 딸(아들은 별로 없다)을 되찾기 위해 고군분투하는 가장이 이들의 가장 분명한 정체성이다.

다시 말해, '가족을 매개로 한 남북한 남성의 연대'라는 분석은 적절치 않다. 매개의 내용이 정반대다. 이 영화들이 남북 화해에 기여하는 것도 아니다. 이 영화들은 남북한 영화라기보다는 상업 영화의 포인트를 정확히 포착한 작품들이다. 북한은 소재일 뿐이다. 이 영화들의 '주제'는 한국 영화의 주요 소비 계층인 20~30대 여성과 북한 남성의 가상 로맨스이다. 남성 감독은 이러한 상황을 남북한 화해라는 '정치적 올바름'으로 포장한다. 여성 관객은 능력, 외모, 책임감 등 남성으로서 모든 것을 다 갖춘 북한 남성과의 로맨스를 즐기고, 남성 관객은 북한 남성의 액션을 즐기며, 자본은 '천만 흥행'을 즐긴다. 남한의 영화 산업은 북한 남성을 대상화함으로써 득을 보고 있다.

당대 '한남' 현상은 남한 여성들의 비혼과 저출산의 제1원인이다. 연애를 꿈꾸지만 믿을 만한 남자가 없다. 정우성,

강동원, 공유, 현빈…… 이들은 남한 사회에서 찾을 수 있는 인물이 아니다. 이 영화들에서 북한 남성을 맡은 배우와 극중 그의 능력은 전통적인 남성성(물론 이데올로기지만)이 최적화된 요소들이다.

이 시대에 개인들은 누구나 외롭다. 국가와 사회와 가정 모두 개인을 보호하지 못한다. 전통적인 젠더 이데올로기에서 여성은 남성의 보호를 기대하지만, 그런 남성은 극히 드물다. 지금 남한 남성들 중 어느 누가 그토록 열심히 여성을 보호하는가, 어느 누가 그토록 애국자인가, 어느 누가 그토록 가족에게 헌신하는가……. 남한 남성은 신자유주의 채찍질에 시달리면서, 한 번도 경험해보지 못한 경험(여성들과 '동등한' 취업 경쟁)에 노출되기 시작했다. 이런 자신의 처지를 한탄하고 이를 '여혐'으로 표출하고 있다. 게다가 젠더 의식, 인권 의식, 평화주의 개념은 '꽝'이다.

당대 남한 여성들의 낭만적 사랑의 욕구가 반영된 '남북' 영화는 역설적으로 북한 여성이나 남한 여성이 주인공이 되는 것을 불가능하게 만들었다. 이성애 제도에서 보는 사람(관객)이 여성일 때, 대상(화된 인물)은 남성일 수밖에 없다. 한반도 영화에서 여성 캐릭터는 사라졌다. 그래서 이런 영화들을 남북 화해와 흥행의 두 마리 토끼를 잡은 영화라고 평가하는 것은 사실이 아닐뿐더러 위험하다. 흥행만 가능했을 뿐이다.

1970년대 일본에서 저출산 현상이 시작되면서, 일본의 사무직 여성 중 많은 수가 동남아시아 남성과 결혼하기 시작했다. 여성의 지위 '향상'과 더불어 여성의 의식이 변화하면서, 여성들은 자기가 속한 사회의 남성들을 '제대로 평가'하기 시작한다. 이때 국적과 젠더는 교환된다. 일본 남성보다 자신에게 친절하고 편안한 다른 사회의 남성을 찾게 되는 것이다. 재일 조선인 사회의 남성성도 '대단한데', 이로 인해 재일 조선인 여성들은 남한 남성을 동경하는 경향이 있다.

이런 배경에서 남북한 소재 영화는 실질적인 한반도 정세, 국제 정치를 다룰 수 없다. 남한 여성들의 북한 남성에 대한 사랑이 초점이기 때문에, 그들의 초능력에 가까운 액션과 외모를 보여주는 데 주력하기 때문이다.

분단은 이데올로기 문제가 아니라 남북한 통치 세력의 도구가 되었다. 남한의 지배 세력이 정말 이 대치 상태를 끝내고 싶다면, 가장 주목해야 할 북한 관련 이슈는 국제 사회의 대북 경제 제재여야 한다. 만일 '기름 한 방울 안 나는 나라'인 한국에 기름 수입이 금지된다면, 석탄, 철광석, 원목, 고무가 수입

금지 조치를 당한다면, 하루라도 '메이드 인 차이나' 물품, 중국산 김치가 들어오지 않는다면, 비록 도축된 지 한참 지난 쇠고기라도 미국산 쇠고기가 없다면, 칠레산 돼지고기가 들어오지 않는다면 한국은 며칠이나 버틸 수 있을까. 한국의 옥수수, 밀가루 자급률은 각각 1퍼센트 정도다.

이른바 수출 주도형 경제는 다른 식으로 말하면, 들어오는 물건이든 나가는 물건이든 대외 의존도가 높다는 얘기다. 2016년, 남한의 농수산물 수출은 일본에 22.1%, 중국에 17.2%, 미국에 11.1%가 몰려 있다. 이 나라들이 우리 농수산물 수입을 거부한다면? 어느 나라가 버틸 수 있겠는가. 중국 인구의 1퍼센트(약 1천 7백만 명)만 피자를 먹기 시작해도─'간식' 취향이 바뀌어도─한국 피자 시장은 치즈 가격 상승으로 망한다.

북한은 지난 몇십 년 동안 이러한 경제 봉쇄를 견뎌 왔다. 국제 사회의 대북 경제 제재는 탈북민, 핵 문제 등 모든 문제의 진원지다. 이런 문제들이 북한 소재 영화의 주제가 되기를 기대한다.

타인의 시선으로
1루까지 걷다

YMCA 야구단

남들이 들으면 웃겠지만 〈아이 캔 스피크〉, 〈쎄시봉〉, 〈스카우트〉를 만든 김현석 감독과 나는 공통점이 '있다'. 둘 다 야구를 좋아한다. 나는 예전에 해태 타이거즈 팬이었는데 그도 그랬단다. 김현석 감독은 〈슈퍼스타 감사용〉에서는 김성한 선수로 출연하기도 했다. 나는 당시 김준환 선수의 팬이었다. 젊은 독자에겐 구한말(舊韓末) 시절 같은 이야기지만, 1980년대 해태 타이거즈의 김성한-김준환-김종모-김봉연 선수는 한 명씩 쉬어 가며 3-4-5번 타자를 맡은, 클린업 트리오로 유명했다.

그런데 이 영화는 진짜 구한말 이야기이다. 〈YMCA 야구단〉은 일제 강점기를 다룬 영화 중에서 으뜸으로 칠 만한 작품이다. 국내외에서 상도 많이 받았다. 역사와 야구의 결합이 이렇게 절묘할 수가 없다. 야구에 역사를 담았고 역사는 야구를 안고 간다. 야구와 역사는 서로를 설명한다. 둘 중 하나가 다른 것을 초월하거나 포괄하지 않는다.

나는 식민지/일본 콤플렉스가 한국 근현대사의 가장 큰 문제라고 생각한다. 역사적으로 중국에 대한 사대주의가 강했던 한반도는 일본을 우습게 봤다. 그런데 일본은 근대를 먼저 성취했을 뿐 아니라 아시아의 '작은' 국가로서 전 세계 제패를 꿈꾸었고, 실제로 서구와 대적했다(물론, 잔인한 침략자였다). 조선은 어떤 사회였던가. 명나라가 망하고 청나라가 들어섰으면 그것은 남의 나라 일일 뿐이다. 우리의 이웃은 청나라가 되는 거다. 그러나 우리는 주제 파악을 못하고 남의 나라(청)를 함부로 대하면서, 자신을 명나라를 계승한 '소중화(小中華)'라 여겼다. 옛 주인을 잊지 못하는 노예. 세상에, 이렇게 못난 셀프 식민주의도 없을 것이다.

일본은 한반도보다 인구도 많고 영토도 넓다. 일본은 치열하게 고민했고 미래를 고안했다. 100년 전 일본은 이미 자본주의 도입과 근대성 추구, 국민국가 건설을 동시에 이루고자 했다. 조선은 망했고, 우리의 근대는 일본의 점령으로 시작되었다.

이때 만국 공영(萬國共榮) 정신을 내세운 YMCA(기독교 청
년회, Young Men's Christian Association) 같은 국제 조직이 등
장한다. YMCA의 성원으로서, 한국과 일본은 형식적으로는
동등하다. 이때부터였을까, '숙명의 라이벌'이라는 말이? 우
리는 그들에게 지배당했다. 누가 봐도 라이벌이 아니다. 그러
나 우리는 여전히 이 말을 습관적으로 사용한다. 한국과 일본
의 관계는 숙명도 아니고, 라이벌은 종목마다 다르다. 민망한
식민성이다.

이 영화에서 가장 상징적인 장면은 역시 야구 경기다. 나
는 해리 하루투니언의《포스트모더니즘과 일본》이나 탈식민
주의, 한국 현대사를 강의할 때 언제나 다음 장면을 교재로 사
용한다. 〈YMCA 야구단〉의 한국 야구단은 일본군 클럽팀 성
남구락부(俱樂部, '클럽'의 일본어)와 1차 대결을 하게 되는데,
경기 전날 친일파에 테러를 감행하다가 부상을 입은 일본 유
학생 출신의 투수 대현(김주혁 분)은 부진을 면치 못한다.

'압권'은 주인공 호창(송강호 분)의 주루(走壘) 플레이다.
그는 타석에 들어선 후 '열심'을 다짐하지만 유교 사상을 강요
하는 아버지(신구 분)의 시선을 극복하지 못한다. 공을 치자마

자 1루까지 사력을 다해 뛰어야 할 선수가, 양반처럼 뒷짐을 지고 걷는다. 송강호 특유의 코믹 연기가 빛을 발하고, 관객들은 웃지 않을 수 없다. 이런 웃음은 도대체 뭐라고 해야 할까. 슬픈 웃음? 답답한 웃음? 결과는 한국의 대패.

더구나 한국 야구단은 같은 선수끼리도 반상의 구별을 극복하지 못한 채, 경기 도중에도 "도련님", "이놈아"라고 부르면서 싸운다. 이에 반해 일본 선수들은 근대성을 '체화'해 모두가 평등한 선수(대중, 국민)라는 정체성으로 뭉쳐 있다. 나는 이 두 장면이 영화의 주제라고 생각한다. 당시 상황을 보여주는 기가 막힌 아이디어다.

그러나 이 장면이 당시만의 현실일까. 서구의 좌파나 페미니스트들은 국민의 차이를 균질화하는 국민국가주의(nation/alism)를 비판하지만, 한국의 진보 진영과 오피니언 리더들은 자신을 대중의 한 사람이라고 생각하지 않는다. 균질성을 비판하기 전에 자신을 모든 이들과 동일한 국민이라고 생각할까. 한국의 '엘리트'들은 자신을 국민의 '원 오브 뎀(one of them)'이라고 생각하지 않는다. 계급, 학벌, 성별, 지역을 둘러싼 특권 의식이 반상을 대신하는 사회다.

주인공은 아버지의 시선 때문에 뛰지 못한다. 지금 우리는 누구의 시선 때문에 자유롭지 못한가. 서구? 일본? 전통? 이제는 외세와 강자의 시선을 너무나 내면화한 나머지, 자타의 구별조차 사라졌다. 스스로 감시하며 강제하고 있다. 주권을 돌려받고(?) 공식적인 식민 지배는 끝났지만 우리에게는 새로운 식민주의 시대가 기다리고 있었다. 미국 중심의 세계 체제가 그것이다.

〈YMCA 야구단〉처럼 소박한 이야기로 한국 현대사를 통과하며, 성찰하는 영화는 흔치 않다. 거창한 소재로 시작하지만, 실상은 주장이 없는 영화들이 얼마나 많은가. 우리 스스로 탈식민을 하지 못한다면 언제나 '타인의 시선'에 우리의 미래를 저당 잡힐 것이다. 누군가 우리를 보고 있다는 시선과 평가의 강박은 우리가 만든 것이다.

우리가 누구인지부터 알아야 한다. 그것이 인문학이다. 인문학은 언어의 역사다. 언어는 인류가 자신을 어떻게 생각해 왔는가의 총체적 체계다. 자신을 설명할 수 있는 언어가 없는 사회는 외부의 이익에 휘둘리고 그 고통은 고스란히 민중의 것이 된다.

나는 이 영화에서 김주혁을 처음 보았다. 익숙하지 않은 미남자였다. 대중적으로 그를 알린 첫 작품이라고 기억한다. 줄거리를 몰랐기 때문에 영화 포스터만 보고는 신여성 김혜수와 송강호가 러브 라인인 줄 알았다. 비슷한 시기를 그린 2005년 작 〈청연〉에서도 김주혁은 근대와 식민주의 사이에서 고뇌하는 역으로 나온다. 남성(김주혁)이 여성(장진영)의 성공을 후원한다. 이유는 여자가 '똑똑하고 야망에 불타며 고집이 센' 데다가, 특히 "너를 통해 세상과 만날 수 있기 때문"이다.

식민지 시절 남성이 지금 남성보다 낫다. 어쩌면 나을 수밖에 없을지도 모른다. 그때는 근대의 시작이었고, 지금은 근대가 유동하는 알 수 없는 시대다. 근대에는 남자가 주인공이었다면, 지금은 부자가 주인공이다. 비행사나 야구는 근대의 알레고리다. 당시 우리의 고통은 그것을 일본으로부터 배워야 한다는 데 있었다. 그것을 습득하는 순간 '친일'의 자장 안으로 들어갈 수밖에 없다는 것이다. '근대 = 친일파'.

흥미로운 사실, 아니, 한국 사회의 여전한 이분법은 〈청연〉이나 〈군함도〉 같은 영화들이 친일 시비에 말려 관객의 외면을 받는다는 사실이다. 여성과 남성의 식민 경험이 다르고 한국인 중에서도 부역자가 있다는 당연한 사실을 조금이라도 묘사하면 친일이 되는 사회다. '블랙' 리스트보다 한국 사회의 이러한 관객성이 예술가에게는 더 큰 고통일지 모른다.

〈YMCA 야구단〉과 〈청연〉. 김주혁과 장진영이 생각나는 시간이다. 배우의 죽음은 특별한 슬픔이다. 〈소름〉은 자신이 없고 장진영의 〈반칙왕〉과 김주혁의 〈프라하의 연인〉을 다시 보고 싶다.

.

김현석, 2002, 한국

정체성의
슬픔

박치기!, 우리 학교, 피와 뼈

일본에는 세 개의 한국이 있다. 남한과 북한, 그리고 재일교포(자이니치)의 '조선'. 이 세 집단은 근대 일본의 성립 조건 중하나였다. 다시 말해, 일본은 이 세 집단을 착취하고 분열시키면서 나라를 세웠다.

　　최근에는 재일교포들이 이름을 바꾸고 일본인과의 결혼도 흔해서 정확한 인구를 파악하기 어렵다고 한다. 그러나 자이니치에 대한 차별은 여전하다. 일본의 국민국가 건설 과정에서 이들은 최하층민으로서 일본의 타자성을 대표한다. 한때 친구와 이런 가정을 해본 적이 있다. 1950년에 '이미' 〈라쇼몽〉으로 베네치아국제영화제에서 대상을 탄 구로사와 아키라는 혹시 게이거나 자이니치가 아닐까. 그렇지 않다면 일본 사회에 대한 그의 독특한 시각이 가능했을까.

주류 일본 영화에서 주인공이 타자성을 느끼고 타자와 연대하는 장면에서 주로 등장하는 이들이 자이니치다. 자이니치는 남한도 북한도 아닌 독자적인 정체성이다. 지금도 일본에서는 한국어를 '조선어'라고 말한다. 대학의 학과 이름도 '조선어문학부' 이런 식이다. 북한 말이라는 뜻이 아니다. 그냥 '조선어'이다.

일본영화감독협회 이사장까지 지낸 재일 한국인 최양일 감독의 1993년작 〈달은 어디에 떠 있는가〉는 자이니치인 택시 운전사 남성과 유흥업에 종사하는 동남아 여성(필리핀인으로 기억한다)의 사랑을 그린다. 일본 사회에서 소외된 이들의 관계에 대한 감수성이 돋보이는 작품이다. 그때도 일본은 택배 문화가 발달했는지, 남자 주인공의 일상은 심야 운전과 TV 보기, 그리고 택배 받기였던 장면이 기억에 남는다. 이 작품은 최양일에게 키네마 준보의 작품상, 감독상, 각본상, 주연 배우상, 일본 아카데미영화제 작품상을 안겨주었다. 일상적이고 외롭지만 역사적·사회적 배경을 탄탄하게 그려낸 영화다.

'문제작'은 역시 많은 상을 받은 격렬한 괴작(怪作) 〈피와 뼈〉(2004년)이다. 이 영화는 위장이 비었을 때 보는 것이 좋다. 원작 소설의 작가 양석일의 실제 아버지로 알려진 인물, 김준평(기타노 다케시 분)의 이야기다. 김준평 같은 극단적인 인물이 자이니치여서 탄생했는지 아니면 이것이 가부장제의 보편적 이야기인지 나는 잘 모르겠다. 하지만 매력적인 작품임에 틀림없다.

김명준 감독의 〈우리 학교〉(2006년)는 감독의 오랜 현장 연구와 '우리 학교' 학생들과 연대로 다져진 탄탄한 다큐멘터리이다. 재일교포 학생들은 날 때부터 자신이 누구인지를 고민할 수밖에 없다. 어린 나이에도 성숙하다. 김명준, 최양일 감독의 스타일은 극과 극이지만, 나는 '한국인 관객'들이 꼭 이 작품을 보았으면 한다. 일본 사회를 통해 우리를 알 수 있다.

한국 사회는 조총련을 악당으로 보지만, 실제는 그렇지 않다. 조총련은 자이니치에게 품성론과 대중 노선으로 다가갔다. 그것은 자이니치를 활용하려는 북한의 대일본 노선이기도 했다. 반면, 이른바 남한 측인 '민단'은 독재 정권의 하수인이었고, 부패가 심했다.

자이니치를 소재로 한 이즈츠 카즈유키 감독의 2004년 작 〈박치기!〉는 상업 영화로서 엄청난 성공을 거둔 작품이

다. 키네마 준보 선정 '2005년 베스트 영화' 1위, 아사히신문 '2005년 베스트 영화' 1위 등 수상 경력을 다 쓰자면 지면이 모자랄 지경이다. 이 영화의 주연을 맡은 시오야 슌과 사와지리 에리카는 거의 모든 신인상을 휩쓸었다. 특히 사와지리 에리카는 스타가 되었다. 일본어 제목은 한국어 '박치기' 발음을 그대로 표기한 〈パッチギ!〉. 영어 제목은 〈Break Through!, We Shall Overcome Someday〉이다. 1968년이 배경이어서 서구의 영향을 받은 히피 대학생(오다기리 조 분) 같은 이들이 해방을 노래한다.

이 영화는 1968년 교토를 중심으로 재일 조선인의 문화를 충실히 그린다. 그들의 한, 그들의 가난, 그들의 노동……. "우리는 사연도 모르고 일제 시대 때 한국에서 끌려와 너희 나라(일본)의 터널을 뚫고 국회의사당에 대리석을 깔았다." 같은 대사가 나온다. 당시 재일 조선인 가정의 남자 아이들은 고등학교를 졸업하면 당연히 북한으로('조국으로') 돌아갈 것으로 알고 이를 자랑스럽게 여겼다.(지금은 그때 재일 조선인 북송 작업을 주도했던 지식인들이 이른바 '반성문'을 제출하며 이 사업을 재평가하는 작업이 활발하다. 연구 주제가 아닐 수 없다.) 어머니들은 북한으로 간 아들들을 위해 생필품, 우편물 보따리를 싸는 것이 일상이었다. 북한은 이들을 통해 일본의 자본을 끌어들였다.

남자 주인공 리안성(타카오카 소스케 분)에게는 플루트를 부는 청순하고 예쁜 여동생 경자(사와지리 에리카 분)가 있다. 일본인 청년 코우스케(시오야 슌 분)는 경자에게 첫눈에 반해 한국어를 열심히 배우고 자이니치 공동체에서 살다시피 한다. 경자네 동네와 관련된 일이라면 뭐든지 나서서 열심이다.

우리는 간혹 코우스케 같은 사람을 본다. 억압받는 집단의 누군가를 좋아해서 혹은 그 문화에 반해서, 자신은 비록 그들을 억압하는 집단의 성원이지만 자기 집단에는 적응하지 못하고(않고) 자신이 사랑하는 집단에서 '구박'받으며 허드렛일을 자처하는 사람들. 도쿄 출신의 '엘리트'가 오키나와 평화운동의 가장 '낮은' 자리에서 평생 활동을 한다든가. 내가 여성 단체에 근무할 때도 그런 남성이 있었다. 아버지가 가정 폭력 가해자였기 때문에, 여성들에게 속죄하는 마음으로 결혼하지 않고 노숙자 공동체를 꾸리면서 번 돈의 거의 전부를 여성 단체에 기부하는 할아버지가 계셨다.

경자에게 반한 코우스케가 조선인들과 어울려 즐거운 시간을 보내는데, 어느 조선인 남자 어른이 "자네는 일본 사람이잖아." 하고 버럭 소리를 지른다. 몹시 상처받은 코우스케는 바람 부는 어느 날 교토 거리—아마도 그 유명한 가모가와(鴨川)의 다리 위였을 것이다.—를 엉엉 울면서 걷는다. 히피 대학생에게 노래 〈임진강〉을 배우기 위해 기타 연주에도 열심이었던 그는 기타도 때려 부순다. 나는 왜 조선인이 아닌가. 아, 나는 왜 일본인인가.

사랑 때문이긴 했지만 누구보다도 조선인 공동체 일에 열심이었는데, 결국 일본인이라고 내쳐지다니……. 그의 눈물은 실연의 가능성 때문만은 아닐 것이다. 그의 눈물은 동일시 욕망이 부정당한 슬픔 때문이다. "나는 사랑하는 경자와 같은 조선인이고 싶다, 그들과 같고 싶다……."

한국에서 이 영화가 개봉했을 때, 울지 않은 관객이 드물었다. 일본 사회나 자이니치에 대해 잘 모르던 나도 그렇게 슬플 수가 없었다. 한반도와 일본 사이의 복잡한 근현대사가 한눈에 들어온다. 남과 북의 관계도 새삼 기가 막힌다. 압권은 〈임진강〉이라는 노래다. 이 노래는 영화와 함께 들어야 한다. 소박하지만 절창이며, 너무나도 아름다운 평화의 노래다. '눈물 버튼'이라고나 할까.

〈박치기!〉, 〈우리 학교〉, 〈피와 뼈〉는 묻는다(〈피와 뼈〉는

'묻는다'기보다는 명령하지만). 너는 누구고, 나는 누구냐? 누가
너를 한국인이라고, 일본인이라고, 조선인이라고 했는가. 한
편, 억압받는 정체성과 이에 저항하는 정체성 사이에서, 그것
이 뭐가 그리 중요하냐고 묻는 이들이 있다. 사랑의 힘이든 인
류애든, 그것은 못 건널 강이 아닌데…….

〈박치기 2〉는 절대 보지 않기를. 속편이 원작의 여운까지
망친 대표적인 예다.

박정희와
김재규의 차이?

그때 그 사람들

영화 〈그때 그 사람들〉을 보고 나서, 왜 박정희 전 대통령 진영이 이 영화에 분노하며 재판까지 벌였는지 이해하기 어려웠다. 박정희 역을 맡은 배우 송재호는 독재자 이미지와는 거리가 멀다. 영화에서 송재호가 재현하는 박정희는 유머스럽고 (죽는 순간에도 "또 쏠라꼬?" 이런 말은 아무나 할 수 있는 게 아니다), 낭만적일 뿐 아니라(감상적인 엔카에 흠뻑 취해 있다), 관대하며(부하의 섹스 스캔들을 눈감아준다), 심지어 인자하기까지하다. 어딜 봐도 '명예를 훼손한' 흔적이 없다. 송재호가 연기한 박정희는, 독한 카리스마에 '민족 정기' 넘치는 '색마'라는내가 생각한 기존의 박정희가 아니었다. 앞으로도 〈그때 그 사람들〉보다 박정희가 좋게 그려질 텍스트는 그리 많지 않을 것이다.

이 영화가 보수 세력의 화를 돋운 이유는 '역사 왜곡'이나 '노무현 정권의 어떤 정치적 의도'가 아니라, 순전히 박정희의 여자 문제 때문이다. '박정희의 인권을 위해' 가위질당한 채 상영된 이 영화의 첫 장면은(따라서 원래 첫 장면이 아닐 수도 있다), 벌거벗은 여자들과 중앙정보부 요원들 사이에 오가는 안면몰수의 천박한 대화다. 사람들은 대통령의 섹스를 사적인 문제가 아니라, 권력의 정당성과 도덕성의 징표로 이해한다.

이 영화에서, 그리고 이 영화를 둘러싼 사회적 해석 투쟁에서 섹슈얼리티와 젠더는 박정희 시대를 평가하는 주요 모순이다. 종속 변수가 아니라 독립 변수인 것이다. 박정희의 유일한 '치적'인 경제 발전은, "유신이 이룬 것이 아니라 노동자, 농민이 일한 것"으로 쉽게 반박이 가능하다. 그러나 섹스 문제는 그렇지 않다. 물론 '영웅은 호색'이지만, 그건 들키지 않을 때 얘기다. 가족주의 규범이 강력한 한국 사회에서, 최소 100여 명의 여자들이 항상 대통령을 위해 대기했다는 봉건 왕조식 역사는 국민들이 역겨움을 느끼기에 충분하다.

가부장제 사회에서 계급은 젠더화되고, 젠더는 계급화된

다. 계급과 섹스는 맞물리는데, 성별에 따라 정확히 반비례한다. 권력을 가진 남자는 여러 여자와 섹스할 수 있지만, 권력이 없는 남자는 한 명도 차지하지 못해 한 여자를 여러 남자와 공유한다. 반대로, 여성은 사회적 지위가 높을수록 한 남자와만 섹스하거나 무성애자고, '밑바닥 인생'일수록 여러 남자를 상대하게 된다.

《사람이 알아야 할 모든 것 : 교양》과 《남자》의 저자 디트리히 슈바니츠는 남성들이 "강한 보스만이 집단의 생식권을 독점하며 열등한 수컷들은 우울한 기분으로 비실비실 보스의 주위를 맴돌며 전복의 기회를 엿보는" 시나리오를 통해 성 역할을 학습한다고 본다. 이런 긴장과 경쟁은 가족 제도가 고안된 후 완화되는데, 원칙적으로 가족 제도를 통해 모든 남자가 생식의 기회를 얻기 때문이다.(그러나 자본주의 사회의 빈부 격차는 다시 일부일처제를 무력화한다.)

성공한 중년 남성들이 젊은 여성에게 집착하는 것도, 여자의 몸 때문이 아니라 능력 있는 남자는 새로운 세계를 구해 젊은 여자 앞에 제시할 수 있기 때문이다. 늘 영화로 재현되듯, '보스의 여자'에 대한 남자 부하들의 복잡한 심정은 이루 말할 수가 없다. '보스의 여자'는 남자에게 사회적 지위와 미래, 가능성, 동기, 분노까지 삶의 모든 것을 보여주는 거울이기 때문이다. 〈그때 그 사람들〉은 여자를 매개로 한 남자들의 권력 투쟁을 냉정하게 재현한(감독은 마치 이렇게 말하는 것 같다. "우리 남자들 수준이 이래요……"), 남자 인생의 축도다. 그래서 관객들은 엉망진창 '사창굴'과 다름없는 유신의 정점 그리고 말로에 대한 김재규의 결단에 공감하게 된다.

〈그때 그 사람들〉을 본 어떤 남성은 내게 김재규가 '모호하게' 그려졌다고 말했는데, 이 말에는 이 영화에 대한 남성들의 기대와 혼란이 고스란히 묻어 있다. '악당을 죽인' 김재규는 다시 부하에게 잡혀 심문받는다. 의인이나 영웅이 아니라 자기가 죽인 상관과 똑같은 신세가 되는 것이다.

임상수 감독은 남자들의 기대를 저버린다. 그는 이 영화를 보수-진보, 독재-저항, 여야 대립이 아니라, 남성들 간의 싸움을 완전히 상대화하고 남성 문화를 성찰하는 영화로 만들었다. 이 영화에서 남성은 말하는 주체가 아니라 평가 혹은 조롱받는 인식의 대상이다. 감독은 남성 젠더 질서 외부에 서 있다. 그는 기존 남성 정치학의 어느 편에도 동의하지 않는 남성 내부의 '배신자'로서, 남자들 간의 분열을 시도한다. 〈그때 그 사람들〉은 남자가 남자를 그린 한국 영화 중에서 그나마 자기

냉소가 돋보이는 작품이다.

이런 점에서 보면, 박정희 진영의 명예 훼손 소송과 이에 동의한 법원의 삭제 명령은 황당한 일이다. 감독이 비판하는 것은 박정희가 아니라 그보다 훨씬 포괄적인 남성 문화이기 때문이다. 어느 인터뷰에서 임상수는 이 영화의 인물들이 모두 "남자로서 한몫 보려는 자들"이라고 말했다. 영화의 인물들은 '할아버지'(영화에서 박정희를 이렇게 부른다)에서 말단 문지기까지, 모두 "남자가 아니면 죽음을 달라."라고 외친다.

영화에서 남자들은 '완벽한 의사소통'을 한다. 여기서 '소통'은 명령과 복종이 전부이기 때문이다. 영화 속 인물들은 죽을지도 모르는데 상사의 허무맹랑한 명령을 아무런 저항 없이 따른다. 이러한 의사소통 체계에서 사유하는 인간은 총살감이다. 영화 속 '국기에 대한 경례' 장면은 모든 국민이 완벽한 의사소통에 참여한 그 시절 일상의 대표적인 사례 아닌가! 관객들이 가장 많이 웃음을 터뜨린 장면은 카메오로 출연한 헌병 홍록기와 봉태규의 '뻘소리' 부분인데, 이 장면이 바로 이러한 소통 질서에 작은 균열을 보여주기 때문이다.

영화에 나오는 남자들은 한결같이 '나는 위험에 나를 맡긴다, 고로 존재한다'를 증명한다. 여성들은 대개 남자들의 허

풍, 거들먹거림, 유치하고 과장된 행동을 이해하기 힘들어하지만, 남자의 입장에서는 다급한 행동일 뿐이다. 영화의 주인공들은 박정희 편, 김재규 편 할 것 없이, 모두 쓸데없이 거칠고 요란스런 전투적 태도를 반복한다. 남성성은 힘들게 구축되는 것이기 때문에 유지하지 않으면 언제라도 다시 잃을 수 있다. 남성다움을 과시할 기회가 있을 때 그 기회를 놓치지 않아야 하는 것이다.

그렇다면 남자가 되었다는 것을 어떻게 알 수 있을까? 여성이 되지 않을 때 남자가 된다. '남자 됨'은 머뭇거림이나 주저함, 겁먹음이 '여성의 태도'라는 강력한 안티테제가 있을 때만 성립할 수 있다. 모든 의미, 정체성은 타자에 대한 부정으로 이루어진다. 남자들의 동성애 혐오는 남성 안의 여성적인 것에 대한 혐오이며, 여성 혐오는 여성 안의 여성적인 것에 대한 혐오다.

한국 현대사에서 차지철이나 장세동 같은 캐릭터 연구는 젠더의 시각에서 일상적 파시즘과 구조적 파시즘의 연결 고리를 극명하게 밝혀줄 것이라 생각한다. 대개 소작인은 지주보다 마름과 사이가 더 나쁘다. 사람들은 이승만, 박정희, 전두환보다 그들의 '똘마니'들을 더 미워하는 경향이 있다. 심지어

"부하를 잘못 만나서 그렇게 된 것"이라며 독재자를 불쌍히 여긴다. '진짜 권력'은 잘 보이지 않는 데 비해, 마름이나 '똘마니'의 권력과 횡포는 매우 가시적이고 '지주'보다는 '똘마니'가 덤벼볼 만하기 때문이다. 야사의 전문가들은 10·26 사태의 촉발을 '안하무인 차지철'로 보는데, 이는 그야말로 증후적 독해가 요구되는 중요한 지점이다. 대통령보다 무서운 경호실장은 청와대에만 있는 것이 아니다. 우리는 일상생활에서 '사장보다 무서운 수위', '교장보다 더 교사를 들들 볶는 주임 교사', '시어머니보다 더한 시누이', '아버지보다 더 때리는 오빠' 때문에 고통받고 분노한다. 그래서 막상 권력의 실체가 나타나면, 모든 미움을 '마름'에게 돌리고 존경심으로 '지주 어른'을 쳐다보는 것이다.

하지만 말할 것도 없이 차지철의 권력은 박정희로부터 나온다. 그렇다면, 박정희의 권력은? 그것은 신(God)으로부터 나온다. 위임된 권력, 이것이 남성성의 본질이다. 날 때부터 권력을 부여받은 남성들은 신의 이름을 수시로 바꾼다. '조국과 민족' '노동 해방' '소중한 가족'…… 남자의 이익을 대신해서 우리가 신물 나게 들어 온 신의 이름들이다. 모두 보편, 진리, 우주, 객관성으로 포장되어 있다. 여성에게 폭력을 휘두

르거나 살해하는 남자들은 자신이 신의 명령을 받았다고 믿는다. 그는 스스로 여자, 더 정확히 말하면 여성의 성을 처벌하기 위해 파견된 자라고 생각한다. 물론 아무도 남성에게 자기 이익을 그렇게 포장하라고 권력을 부여한 적이 없다. 남성이라는 자각은 자신이 신과 연결되어 있다는 의식에서 나온다. 여자는 남자인 '나'를 통해 신과 연결된다.("하나님이 남자는 직접 만드셨지만, 여자는 남자의 갈비뼈로 만드셨다.") 이것이 가부장제의 역사다.

현대 자본주의 사회에서 남성 중심성의 또 다른 측면은, 남성이 여성의 친밀성 능력과 감정 노동을 착취하기 때문이다. 디트리히 슈바니츠는 많은 여성들이 남자와 연애할 때 느끼는 사랑의 감정을 남자로부터 유래하는 것으로 착각한다고 말한다. 여자들이 자신이 지닌 풍부한 감성과 사랑의 능력을, 상대 남자의 매력으로 오인한다는 것이다.

남자들은 배려, 보살핌, 사랑을 생산하기 위해 아무런 노동도 하지 않는다. 박정희를 포함해서 〈그때 그 사람들〉의 남자들은 모두 집에 들어가지 않거나 들어갈 수 없다. 이들은 '근대화 역군', '새마을 운동적 인간', '회사 인간'이니까. 이들은 '과다한' 업무로 생의 대부분을 집 밖에서, 같은 남자들하고만 보낸다. 가장 큰 문제는, 남자들이 그 많은 시간을 남자들과 보내면서도 그들 내부에서 친밀성을 해결하지 못하고 여성에게 그 책임을 전가하고 그것을 채워주기를 요구한다는 것이다. 영화에서 거사를 앞둔 남자들, 적에 쫓겨 죽음을 눈앞에 둔 남자들은 하나같이 집에 전화를 걸어 아내에게 이렇게 말한다. "여보, 오늘 밤 나 당신의 기도발이 엄청 필요해! 자지 말고 계속 기도해줘……."

더 심각한 재앙은 이제까지의 언설이 이런 남자들을 "불쌍하다, 여자에게 얼마나 의존적이냐"라고 해석해 왔다는 것이다. 이것이 바로 한국 남성 특유의 자기 연민과 나르시시즘이다. 억압자, 착취자가 "불쌍한 사람"이 되었으니 문제가 해결될 리 없다. 오이디푸스 콤플렉스는 남성이 여성과 관계를 끊고(이후 남자는 여성의 노동만을 필요로 한다), 가부장 세계로 입문하는 과정을 그린다. 분리, 단절, 독립만이 인간의 발달 조건이라는 것이다. 정녕 그렇다면, 남자들은 여자들에게 친밀성, 관계, 상처의 치유를 구걸하지 말아야 한다. 여성적인 것을 혐오하면서, 왜 그토록 여성에게 요구하는 게 많은지 모르겠다. 남성은 평생 동안 여성과 적당한 거리를 유지해야 한다는 강박에 시달린다. 여성을 성적으로 갈망하면서도 절대 여성에게 집착하지 말아야 한다. '진짜 인생'은 남자들의 세계에서만 가능하다고 믿기 때문이다. 이 영화는 '그때 그 사람들'의 이야기이자 여전한 '지금 이 남자들'의 이야기이다.

임상수, 2004, 한국

"여자도 남자도 아닌,
그러나 인간인"

사방지(士方智)

2002년, 인도 중부의 한 지방 법원은 3년 전 카트니 시 시장에 당선된 캄라 잔(Kamla Jaan) 씨가 남성이기 때문에 "시장직을 박탈한다."고 판결했다. 문제(?)는 캄라 잔 본인은 스스로 여성으로 생각한다는 점이다. 그는 여성의 성을 선택하고 평생 여장을 하고 살았으며, 무소속으로 출마해 대승했고 시장으로서도 좋은 평가를 받았다.

　　그러나 인도 마디아 프라데시 지방 법원은, 1993년 개정된 헌법에 의해 제정된 여성 할당제에 따라 카트니 시 시장직은 원래 여성에게 지정된 자리이므로, '완전한' 여성이 아닌 캄라 잔은 처음부터 시장으로 선출되지 않았어야 한다며 '선거는 무효'라고 판결했다. 이 결정에 대해 캄라 잔은 자신은 날 때부터 남성의 성기를 가지고 태어나지 않았으므로 남성이 아니라고 항변했다. 아마도 인도 최초의 히즈라 출신 시장인 캄라 잔의 정치적 반대 세력이 그를 몰아내고자 '모호한' 성을 문제 삼은 것으로 보인다. 문제는, 원래 할당제란 여성과 같은 사회적 소수자를 위한 제도인데, 어떤 면에서 이 제도가 여성보다 더 성적 소수자인 히즈라를 억압하는 근거로 이용되었다는 점이다. 그는 히즈라(hijra), 즉 남성도 여성도 아닌 간성(intersexual)이다. 캄라 잔 같은 히즈라를 유넉(eunuch)이라고 하는데, 유넉은 남성 성기가 손상된 채 태어났다가 유아기나 청소년기에 거세한 남성을 말한다. 서구에서는 유약한 남자, 내시, 환관을 가리키기도 한다.

본래 히즈라는 중성으로 태어난 사람들만을 지칭했으나 시간이 지나면서 남성으로 태어났으나 여성적인 기질을 지닌 사람들도 히즈라 집단에 속할 수 있게 되었다. 히즈라는 서양이나 우리 사회처럼 성전환 수술을 받거나 정신과 치료를 거쳐 남녀 중 어느 한 성으로 귀착하지 않는다. 이처럼 히즈라는 제3의 성 정체성을 지닌 집단이지만, 인도에서는 여성으로 간주하며 현재 50만 명의 유넉이 있다고 한다.(〈여성신문〉 692호,

이주영, '인도 첫 히즈라 시장 성별 논란 사임 위기' 참조)

　　모든 히즈라가 거세하는 것은 아니지만 이상적인 히즈라
는 거세를 함으로써 남성의 삶을 포기하고 금욕주의를 실천한
다. 거세를 통해 개인적으로는 영적인 힘을 얻고, 사회·문화
적으로는 출산과 결혼에 관한 의례를 집전함으로써 생계를 해
결하고 신성한 종교 지도자로 존경받는다. 그들은 인도 전역
에서 숭배되는 모신(母神) 바후차라 마타를 섬기는데, 여신을
섬기기 위해서 남성 생식기를 제거하는 것이다. 히즈라의 거
세 수술에서는 남근과 고환이 제거되지만 질을 이식하지는 않
는다. 이런 '특정 성기 없음' 수술이, 그들을 남자도 여자도 아
닌 히즈라로 만든다. 히즈라의 거세 수술은 불법이며 생명을
위협할 정도로 위험하지만, 그들은 기꺼이 그 수술을 감수한
다.(《남자도 아닌 여자도 아닌 히즈라》, 세레나 난다 지음, 김경학
옮김, 한겨레신문사, 1998)

　　그러나 한편, 많은 히즈라들이 자신의 이상과는 달리 동
성애적 매춘과 구걸로 살아간다. 기존의 성별 고정 관념을 고
수하면 히즈라를 정의하기는 매우 어렵다. 그들은 여성과의
관계에서 발기하지 못하는 '성불구'지만, 그렇다고 동성애자
라고 할 수도 없다. 왜냐하면 동성애자, 이성애자의 이분법 자

체가, 인간은 남자 아니면 여자로 태어난다는 전제에서 출발하기 때문이다.

히즈라처럼 남자도 여자도 아닌 사람들이 인도에만 있는 것은 아니다. 이혜영이 주연을 맡은 영화 〈사방지(士方智)〉는 조선 시대 실존 인물을 영화화한 것으로 《조선왕조실록》에도 그 기록이 남아 있다. 그(녀)는 남성의 성기를 가지고 태어났으나 젖가슴을 비롯하여 외관은 여성적이었다. 그렇다면 '그'는 여자일까, 남자일까? '그녀'는 남자일까, 여자일까? 우리는 인간 신체의 어떤 '부위'를 보고 성별을 판단해야 할까? 영화에서 그(녀)는, "난 여자도 남자도 아니지만 그렇다고 짐승도 아니야."라고 울부짖는다.

글로리아 스타이넘의 말대로 "여성이 자궁을 가지고 있다는 이유로 모두 아이를 낳아야 한다면, 성대가 있는 사람은 모두 오페라 가수가 되어야 한단 말인가?" 이 질문은 우리가 당연하다고 생각하는 여성의 출산이 자연적인 것이 아니라 인간이 만든 제도라는 사실을 재미있게 표현하고 있다. 이를 이미 50년 전 시몬 드 보부아르는 "여자는 태어나는 것이 아니라 만들어진다."라고 명료하게 설명한 바 있다.

이제까지 여성 운동가들은 여성 억압이 자연적인 것이 아님을 설명하기 위해 생물학적인 성(sex)과 사회·문화적 성 역할(gender)을 구분했지만, 보부아르의 이 유명한 테제는 이후 많은 도전을 받았다. 즉, 인간은 여자로 태어나는 것이 아니라 사람으로 태어나며 남성, 여성 외에 다른 성이 실제로 태어난다는 것이다. 결국 생물학적인 성별조차 인간이 만든 개념이라는 것이다.

인간은 양성(兩性)으로만 구성되어 있지 않다. 사방지와 같이 여성도 남성도 아닌 중성으로 태어나는 이들을 양성구유(兩性具有, hermaphrodite)라고 하는데, 다른 '쉬운' 말로 '어지자지'라고 한다. 학교 다닐 때 생물 시간에 배운 '자웅동체', '암수한몸'은 열등한 생물만 있는 것이 아니라 '고등 동물'인 인간도 있다. 왜냐하면 인간을 남녀로 구별하는 것은, 그것이 자연의 법칙이어서가 아니라 우리가 사는 세상이 성차별 사회이기 때문이다. 성차별 사회에서만 인간의 성차(性差)가 중요하게 여겨진다.

우리는 흔히 '차이가 차별을 만든다'고 생각하지만, 실제로는 권력이 차이를 만든다. 차이가 먼저 존재하는 것이 아니라 불평등이 먼저 온다. 불평등이 있기 때문에 차이도 만들어지는 것이다. 권력이, 인간들 사이에 무엇이 의미 있는 차이인지 혹은 의미 없는 차이인지를 규정하는 것이다. 흑인 노예가 필요하기 전까지는 인간의 피부색이 문제되지 않았다. 인간을 양성으로 구분하는 것은 성차별 사회를 구축하고 유지하기 위한 필수 조건인 것이다.

성차별 사회에서 인간은 곧 남성으로 간주된다.(그러므로 조각가 로댕의 작품 '생각하는 사람' 은 '생각하는 남자'라고 해야 옳다.)

여성은 임의로 인간을 양성으로 구분한 성차별 사회의 피해자로서 2등 인간, 제2의 성으로 취급받고 있다. 그러나 사실 '더 큰' 피해자들은 양성에도 '끼지 못한' 트랜스젠더, 히즈라 같은 제3의 성이나 성별 구분을 혼란스럽게 만든다고 비난받는 동성애자 같은 '성적 소수자이다'. 이 영화는 지금 생각하면, 대단히 급진적이다. 당시에는 에로 영화로 읽힌 듯하다. 영화 자체의 완성도도 높다. 과부인 마님(방희 분)과 사방지(이혜영 분)의 사랑은 사랑의 장벽에 마주친 다른 이들과 다를 바 없이 절절했다.

송경식, 1988, 한국

여성 리더와
여성주의 리더

악마는 프라다를 입는다

이 영화를 본 친구들은 영화를 각자 자기 상황에 적용하느라 분주했다. 악마는 폭탄주를 마신다, 악마는 데리다를 읽는 척한다, 악마는 음담패설을 즐긴다……. 직장 상사, 선배, 지도교수, 부모……. 일상의 '슈퍼바이저'들이 총출동했다. 자기 상사와 미란다(메릴 스트립 분)를 비교하면서, 우리 중 누가 가장 핍박받는 '뉴 에밀리'(앤 해서웨이 분)인지를 놓고 경쟁했다. "그래도 미란다는 추천서는 써주잖아, 1년만 견디면 보상이 있잖아, 나중에 고마워는 하잖아, 사람은 알아보잖아, 능력이 뛰어나니까 후배를 경쟁자로 보지는 않잖아, 성희롱은 안 하잖아……."

내 악마만이 진정한 악마일 뿐 남의 악마에 대한 칭찬과 부러움은 끝이 없었다. 그렇다. 어느 조직이나 지도자를 지배자로 착각하는 사람, 권한과 역할을 구별하지 못하는 사람이 부지기수지만 최소한 이 영화의 악마는 지도력 없는 지도자는 아니다.

한마디로, "무능한 주제에 인간성도 바닥인 상사에 대처하는 우리의 자세" 성토장이었다. 뒤집어 말하면, 유능하면 참을 수 있다는 것이다. 현실적으로 유능한 데다 품성도 훌륭한 리더는 거의 없기 때문에, 리더는 그냥 유능한 사람이면 족하다. 이 영화는 글로벌 자본주의 시대 리더십에 관한 매우 '현실적인' 텍스트이다. 특히 여성 리더십에 대해 논문이 수십 편 나올 만한 논쟁적인 주제를 다루고 있다. 영화에서 상사 자녀의 숙제를 비서가 대신 해준다. 이는 물론 부도덕한 일이지만, 대개 남자 CEO들은 아내('사적 영역의 비서')가 알아서 해주기 때문에 비서에게 이런 일을 덜 시킬 것이다. 주인공의 표현대로, 여성 리더의 악마성은 많은 경우 그녀가 남자라면 '카리스마'일 뿐이다. 여성 리더들은 '아내'가 없기 때문에(집 안에서 아내 역할을 강요받지 않으면 그나마 다행이다.) 공적 영역의 비서가 아내 역할을 대신 수행한다. 여성이라면 결혼하지 않았어야 가능한 성공이, 남성은 결혼했기 때문에 가능한 것이다.

왜 출세한 여자들은 출세한 남자보다 더 남성적이냐(악독하냐)는 '이상한' 질문을 많이 받는다. 이건 정말 이상한 질문이다. 조건 좋은 남성도 성공하기 어려운 세상에서 여성이 출세하려면 자신이 주류보다 더 주류에 적합한 사람임을 증명해야 한다. "1980년대 영국에서 남자는 마거릿 대처 한 사람뿐이다."는 유명한 말처럼 게임의 법칙을 만들고 운영하는 세력이 압도적으로 남성화된 사회에서, 여성의 성공은 남성성을 얼마나 잘 재현하느냐와 직결된다. 여성으로서 성공한 것이 아니라, 여성임에도 성공한 것이기 때문이다.

이제까지 리더십은 철저히 성별화(gendered)된 가치였다. 리더가 되려는 여성들은 남자보다 더 남자다운 '명예 남성'이 되거나 '어머니 리더'여야 살아남을 수 있었다. 최근 여성(운동)이 권력화되었다는 비판이 많은데, 하나마나한 이야기가 아닐까. 이런 식의 비판은 성별 권력 관계에 대한 무지의 산물이라고 생각한다. 여성은 힘이 없기 때문에 (남성) 권력화된다. 여성이 진짜 권력이 있다면, 반대로 권력이 여성화될 것이다. 과도기적 현상이겠지만, 지금 한국 사회는 주류가 여성주의화된 것이 아니라, 여성이 주류 가치를 확장하고, 강화하고, 풍부하게 '해주고 있다'. 그러므로 여성 리더십의 등장이 곧바로 사회를 변화시킬 수 있는 '여성주의 리더십'을 의미하지는 않는다. 여성 리더십과 여성주의 리더십은 아무런 상관이 없다. 여성들만의 조직에서 여성주의 리더십이 왜 필요한가도 의문이다. 여성주의 리더십은 양성 조직에서 필요하다. 여성들끼리만 있을 때는 합리성, 민주주의가 더 필요하지 않을까.

솔직히 나는 이 영화를 여성주의 시각으로 읽고 싶지 않았다. 기본적으로 이 영화가 전제하고 미화하는 약육강식과 물신 숭배, 생산력 중심주의는 비판받아야 마땅하다. 내가 이 영화에서 동일시한 인물은 두 여성이 아니라 2인자인 남성 나이젤(스탠리 투치 분)이었다. 그는 나의 낙오자 정서를 자극했다. 나이젤은 상사에게 헌신했지만, 아니, 헌신했기 때문에 배신당한다. 하지만 복수하기보다는 "뭐, 언젠가는 알아주겠지……" 식으로 꼬리를 내린다.

나는 영화의 스토리와 상관없이 그가 미란다에게 복수하길 바랐다. 그러나 나는 그가 복수하기에는 기운도 시간도 담력도 없는 유형의 인간이라는 것을 안다. 남이 내게 했던 대로 상대방에게 고통과 원한을 되돌려주는 것은 무서운 일이기도

하지만, 면밀한 계획과 성실성이 요구되는 상당히 귀찮은 일
이다. 복수는 능력자만이 할 수 있는 '임무'다. 친구는 나의 이
런 "무능과 자포자기 정신이야말로" 신자유주의에 대한 저항
이라고 말해주었지만, 그저 위로였을 것이다.

데이비드 프랭클, 2006, 미국

아주 격렬한
평화 만들기

웰컴 투 동막골

어느 '1등 신문'은 영화 〈웰컴 투 동막골〉이 북한을 미화하는 '웰컴 투 김일성'이라고 주장했다. 이 영화는 '상업적'이면서도 남북 화해의 가능성을 증언하며, 공포와 지배는 '가해자'와 '피해자' 사이의 의미의 합의를 통해서만 가능하다는 것을 보여주는, 사유할 만한 텍스트다.

동막골 사람들은 뱀은 무서워할지언정 총칼은 두려워하지 않는다. 권력은 '무지'를 통과하지 못한다. 또한 이 작품은 "나는 자기 방어를 위한 폭력은 폭력이라 부르지 않는다. 나는 그것을 지성이라 부른다."라고 한 맬컴 엑스와 "내가 주장하는 것은 폭력의 효율성이 아니라 폭력을 통한 식민지 민중인 '나'의 등장이다."라고 외친 프란츠 파농과 연대한다. 나는 이 영화의 '민족주의'를 '지지'한다.

그러나 〈웰컴 투 동막골〉은, '웰컴 투 김일성'이라고 흥분하는 이들이 걱정(실은 피해망상)할 만큼 급진적이지 않다. 영화는 1980년대 백무산의 '빼어난' 시, 〈기차를 기다리며〉("새마을호…… 무궁화호도 빨리 온다 / 통일호는…… 비둘기호는 더 늦게 온다…… 통일쯤이야 연착을 하든지 말든지 / 평화쯤이야 오든지 말든지")에서 더 나아가지 않는다. 평화에 대한 가장 대표적인 오해는 평화를 비둘기에 비유하는 것이다.

평화가 최우선 가치가 되지 못하고 폭력이 숭배되는 현실은 가부장제와 관련이 있다. 전쟁과 평화의 이분법은 성별화된 이미지로 작동하여 위계화된다. 전쟁이 능동적, 영웅적, 투쟁적, 남성적이라면 평화는 수동적, 소극적, 정적, 여성적인 것으로 여겨진다. 비둘기는 순종, 고요, 의견 없음, 심지어 지루함을 상징한다.

하지만 평화는 흔히 생각하듯 갈등과 고통 없는 상태가 아니다. 만일 평화를 '도 닦는' 것으로 생각한다면, 이런 평화는 기존 질서를 유지하는 지배 이데올로기일 뿐이다. 평화는 폭력 대신 대화, 말의 정치를 선택하는 것인데, 소통은 언제나 혼란스러울 수밖에 없다. 모든 대화는 대화에 참여하는 사람들의 변화를 위한 것이기에 역설적으로 '격렬한(폭력적인)' 것이다. 평화는 변화로 인해 발생하는 혼란과 모순을 '정리'(=변화의 중단)하지 않고 견디는 힘이며, 중단 없는 치열한 저항을 뜻한다.

여성학자 김은실의 지적대로, 이 영화의 보수성은 평화를 시간적 타자로 만든다는 데 있다. 평화는 전쟁 이전의 동막골이라는 '옛날 옛적 그곳에' 현실을 초월하여 '선재(先在)'하는 것이 아니라, 바로 지금 여기에서 우리가 만들어야 하는 것이다.

'평화=비둘기'로 보는 영화의 남성 중심적 시선은 마지막 전투 장면에서 절정에 달해, 전쟁 혐오와 노동의 소중함을 표현한 전반부의 긍정적 정치학을 훼손한다. 동지가 적에게 죽자, 놀기 좋아하고 늘 뒤꽁무니를 빼던 남한 청년은 '미제에 대한 적개심'으로 총을 난사하며 '장렬히 전사'한다. 적의 폭력으로 인해 순박한 남자가 '진정한 남자'로 성장한다는, 폭력의 불가피성을 찬양하고 낭만화하는 전형이다. 오히려, 적에 대한 분노와 그로 인한 '폭력'보다는 '나약하고 비겁하게' 친구의 죽음을 슬퍼하는 것(물론 이는 남성성 위반이다)이 평화를 위한 정치적 실천에 더 가깝지 않을까.

남성다움은 평화를 실현하는 데 가장 우선적으로 질문해야 할 문화이다. 그런 점에서, '웰컴 투 김일성'과 '웰컴 투 동막골'의 거리는 멀지 않다.

박광현, 2005, 한국

몸의
기록

머니볼

기록 경기라고 하면 대개 스피드를 겨루는 육상, 수영, 스피드 스케이팅을 떠올린다. 이 경기들은 인간의 눈으로는 구별할 수 없는 세계인 0.001초 단위를 다룬다. 이 경기들에서는 기록 갱신(更/新)만이 최고의 가치다. 나는 스포츠를 잘 모르지만, 내 생각에 가장 기록적인—기록 경기다운—종목은 야구다. 또한 야구는 가장 인간적인 혹은 '문명에 가까운' 운동이다. 다른 종목도 그렇겠지만, 야구만큼 복잡하고 미묘하며 섬세한 협업은 없을 것이다.

　야구는 선수 한 명 한 명이 서로에게 직접적인 영향을 끼친다. 공의 속도는 사람의 달리기 속도의 네 배이다. 이것을 체화하는 것은 생각보다 쉽지 않다. 공이 얼마나 빠른지에 대한 감각은 선수의 능력을 가늠하는 지표다. 욕심을 부려도, 공을 과대평가해도 아웃이다. 문제는 개인뿐만 아니라 동료 선수들이 이 감각에 얼마나 익숙한가에 따라 개인의 성적도 달라진다는 것이다. 아웃과 도루의 차이는 달리기에 있으며, 홈런성 타구를 잡아내는 외야수는 투수를 살린다. 송구를 못하는 선수만큼 민폐도 없을 것이다. 그래서 선수들이 외치는 "마이 볼!"은 의미심장하다. 그나마, 이는 운동장에서의 문제다. 라커룸에서 벌어진 신경전이 필드까지 이어진다면 그만한 괴로움도 없을 것이다.

카메라가 발명되자 인간은 지나간 순간이 재생될 수 있다는 믿음에 사로잡혔고, 영원성을 욕망하게 되었다. 매 순간 우리 몸의 변화가 기록되는 것이다. 야구의 가장 큰 매력은 바로 몸이 기록되는 경기라는 사실에 있다. 매 순간 야구 선수의 몸짓 하나하나는 모두 기록되고, 이 기록이 선수의 성적이 된다. 야구는 가장 기록이 많은 경기다.

최연소, 최고령, 팀 기록, 시즌 기록뿐 아니라 방어율, 타율, 도루율, 출루율, 연속 출장 기록, 사이클 히트, 퍼펙트 게임같이 우리가 흔히 아는 기록 외에도 수많은 기록들이 있다.

가장 오래 4번 타자로 활동한 기록, 이닝별 투구 기록, 스트라이크/아웃 기록, 병살타 기록, 자책, 피안타, 포볼…… 한마디로, 선수의 몸 자체가 기록 제조기다.

　야구 선수가 특별한 인간인 이유는, 몸이 데이터인 삶을 산다는 데 있다. 벤치에 있는 시간은 역사에 기록될 기회가 없는 상태다. 알려진 것과 달리 선수들은 성적 부진이나 슬럼프보다 부상을 더 두려워한다. 몸이 기록될 수 없는 상태이기 때문이다. 일본 프로야구 한신(阪神) 타이거즈의 영웅인 재일교포 3세인 가네모토 도모아키(金本知憲), 김지헌 선수는 연속 경기 풀 이닝 출전 기록(1492경기)을 갖고 있다. 이 기록은 한·미·일 프로야구를 통틀어 최고 기록인데, 그는 다른 기록도 출중하지만 연속 출장은 부상이 없었다는 의미다.

　베넷 밀러 감독의 〈머니볼〉은 스포츠를 소재로 한 극복과 영광의 드라마가 아니다. 역동적이거나 에너지가 넘치거나 화려하지 않다. 그런데 이 영화를 본 사람들은 이구동성으로 "최고의 야구 영화"라는 데 동의한다. 나는 단지, 조연이지만 내가 좋아하는 필립 시모어 호프먼이 나와서 봤는데, 조너 힐도 매력적인 데다 내가 본 브래트 피트 영화 중에서 그가 가장 멋지게 나온 영화가 아닌가 싶다.(이 남자는 진짜 연기파다!)

〈머니볼〉은 승부보다는 승부를 만드는 사람들의 관점과 인생을 보여준다. 그래서 선수가 아니라 야구단장 빌리 빈(브래드 피트 분)과 그의 '수학 비서이자 참모' 피터 브랜드(조너 힐 분)가 주인공이다. 영화는 실화인데, 미국 메이저 리그 '오클랜드 애슬레틱스'의 단장 빌리 빈의 이야기를 담은 책을 바탕으로 만들어졌다. '머니볼'은 저비용, 고효율을 추구하는 빌리 빈의 야구단 운영 기법이자, 돈 많은 구단을 비웃는 말이다.

'머니볼'은 몸값이 높은 선수가 아닌, 사생활, 부상, 나이 등 야구 실력 외적인 이유로 외면받던 선수들을 '싼 가격'에 선발하는 구단 운영 방침을 의미한다. 선발은 철저하게 통계와 확률, 경기 기록만을 평가 기준으로 삼는다. 그렇게 선발된 선수들이 만년 꼴찌, 연패 기록을 가진 팀에 20연승의 기록을 선물한다.

이 스카우트의 원칙은 야구뿐만 아니라 고용 시장 전반에 적용되어야 하지만, 쉽지 않은 일이다. 통계도 진실의 전부는 아니기 때문이다. 나는 이 영화가 옳다기보다 이런 고민거리를 안겨준다는 점에서 훌륭하다고 생각한다.

다시 야구 이야기로 돌아가면, '머니볼'의 스카우트 원칙은 당연하다. 아니, 당연해야 한다. 야구를 잘 모르는 나도, 타율보다는 적시타가 중요하고 홈런왕보다는 출루율이 높은 선수가 소중하다는 것은 안다. 인생처럼 야구 경기에서도 맥락, 흐름이 결정적이다. 의미 없는 안타는 소용이 없다. 출루율. 일단 1루에 나가는 것이 가장 중요하다. 아웃 카운트를 늘리지 않는 선수는 1루타를 친 것과 마찬가지다. 특히 포볼! 나는 '선구안(選球眼)'이라는 말을 많이 사용하고 또 좋아하는데, 내게 다가오는 '공'뿐만 아니라 책, 사람, 상황에 대한 안목이 인생을 좌우한다.

하지만 세상이 이런 간단한 상식에 의해 움직이지 않는다는 것을 우리는 안다. 흔히 하는 말로 '자질보다 자격(실력보다 학벌)'이 있다. 〈머니볼〉은 깨끗한 영화다. 루저를 영웅으로 만들지도 않고 성공보다는 성공의 법칙에 더 관심이 있다.

〈머니볼〉은 자본주의적 '경제 정의'에 근거하여, 자본주의 시장에서 게임의 법칙을 바꾸려는 사람들의 이야기다. 그런데 굉장히 재미있다. 사람들은 지배적 논리에 익숙해서 그 논리가 계속 틀리더라도 흔들리지 않지만, 새로운 시각에 대해서는 조금만 문제가 생겨도 비판하고 조롱한다. 새로운 시도에는 언제나 시행착오와 예측하지 못한 변수가 생길 수 있다. 자신감이 없는 사람들은 문제 제기를 하는 사람의 실수를 자신이 옳다는 증거로 삼는다. 논리는 힘의 법칙을 따르기 때문에, 자기 의견이 없고 자신감이 없는 사람은 지배 논리에 의존하고 열광하기까지 한다. '우리'의 주인공 빌리 빈과 피터 브랜드는 이 이데올로기와 싸운다. 그런 점에서 이 영화는 '정치경제학'을 다룬다. 권력과 지식, 정치와 경제가 하나라는 것이 주인공들이 겪는 '시련'이며 이 서사가 관객들에게 감동을 준다.

이 영화의 마지막 즈음. 오히려 영화가 시작된 듯하다. 피터가 6주 전 다른 팀의 비디오 자료를 빌리에게 보여주는데, 어느 포수가 홈런을 치는 이야기다. 포수는 '필드의 감독'으로서 현장에서 투수와 야수들을 조율하고 경기를 운영하는 리더다. 주로 듬직하고 운동장 전체를 조망할 수 있는 능력을 지닌 이들에게 적합한 포지션이다. 그래서 이들에겐 타율이 별 의미가 없다. 출루만 해도 아주 잘한 거다.

그런데 평소 2루까지 뛴 적이 없는 배가 남산만 한(?) 거구의 포수가 홈런을 친 거다. 달리기가 약점인 그는 공을 친 후 무조건 1루로 가서 베이스를 부둥켜안는다. 자신이 홈런을 친 줄 모르고 1루라도 진출하고자 최선을 다한 것이다. 그때 사람들이 홈런임을 알려주고, 그는 얼떨결에 베이스를 밟으면서야 상황을 실감하고 기뻐한다. 이를 본 빌리는 피터에게 이렇게 말한다. "이러니 어떻게 야구를 사랑하지 않을 수 있겠나?(How can you not get romantic about baseball?)"

인간의 몸은 법칙대로 움직이지 않는다. 선수들의 몸은 훈련되어 있지만 동시에 유동적이다. 몸은 우주의 기운과 습관(기록)과 운명의 복잡한 교차로다. 이 영화는 확률이 중요하다고 주장하는 것 같지만, 그렇지 않다. 통계는 그 결과이고 예측의 근거일 뿐 결정적이지 않다.

아, 이 영화에서 배울 점이 또 하나 있다. 선수를 해고하는 방식이다. 상대를 존중하면서, 정확한 자료를 건네주고 건조하게 공식적으로 간단히 말한다. 모욕하거나 언론 플레이를 하지 않는다.

베넷 밀러, 2011, 미국

혼자서 본 영화

2018년 2월 27일 초판 1쇄 발행
2022년 5월 30일 초판 5쇄 발행

- 지은이 ──────── 정희진
- 펴낸이 ──────── 한예원
- 편집 ──────── 이승희, 윤슬기, 양경아, 김지희, 유가람
- 본문 조판 ──────── 성인기획
- 펴낸곳　교양인

　　　　　우 04020 서울 마포구 포은로 29 202호
　　　　　전화 : 02)2266-2776 팩스 : 02)2266-2771
　　　　　e-mail : gyoyangin@naver.com
　　　　　출판등록 : 2003년 10월 13일 제2003-0060

이 도서의 국립중앙도서관 출판예정도서목록(CIP)은 서지정보유통지원시스
템 홈페이지(http://seoji.nl.go.kr)와 국가자료공동목록시스템(http://www.
nl.go.kr/kolisnet)에서 이용하실 수 있습니다.(CIP제어번호: CIP2018003787)